지리산둘레길 그림 편지

일러두기
작품 사이즈는 국제표준 규격에 따라 세로x가로(cm)로 표기하였습니다.

지리산둘레길 그림 편지

초판 1쇄 발행 2018년 2월 27일

그린이 이호신
글쓴이 이상윤
펴낸이 강수걸
기획 이수현
편집장 권경옥
편집 정선재 윤은미 박하늘바다 김향남 이송이
디자인 권문경 조은비
펴낸곳 산지니
등록 2005년 2월 7일 제333-3370000251002005000001호
주소 부산시 해운대구 수영강변대로 140 BCC 613호
전화 051-504-7070 | 팩스 051-507-7543
홈페이지 www.sanzinibook.com
전자우편 sanzini@sanzinibook.com
블로그 http://sanzinibook.tistory.com

ISBN 978-89-6545-488-5 03810

* 책값은 뒤표지에 있습니다.
* 이 도서의 국립중앙도서관 출판예정도서목록(CIP)은 서지정보유통지원시스템 홈페이지(http://seoji.nl.go.kr)와 국가자료공동목록시스템(http://www.nl.go.kr/kolisnet)에서 이용하실 수 있습니다. (CIP 제어번호: CIP2018004844)

지리산둘레길 그림 편지

이호신 그림 • 이상윤 글

산지니

덕산 산천재에 서면 지리산 천왕봉이 한눈에 들어온다. 국립공원 50주년 기념공원에 길을 걷는 이들이 여기저기 모여 저마다 기록을 남긴다. 순례를 이어가는 사람들이 소박한 마음을 새긴다. '지리산 – 덕산德山을 가슴에 새기는 일, 사랑하는 것이다.'

산천재에서 본 천왕봉
147×206cm,
한지에 수묵채색,
2018

자연을 자연답게 지키는 일이 사람의 도리

'지리산에서 생명평화의 춤을 추자.' 지리산 사람들의 화두이자 꿈이다. 나는 청소년기, 의좋은 형제들이 뜻을 이루고 살기에 좋은 곳으로 지리산을 알았다. 그때 친구들을 꼬드겨 지리산행을 결의했지만 정작 지리산에 들어와 살기는 한참 후의 일이다. 도시와 산업문명의 대안으로 귀농귀촌 운동이 처음 시작된 곳도 지리산이다. '지리산에서 생명평화'를 꿈꾸는 사람들과의 인연으로 지리산을 가슴으로 알게 되었다. '지리산을 사랑하는 열린연대' '지리산국민행동본부' '지리산생명평화결사' '지리산생명연대' '섬진강과 지리산 사람들' '섬진강지키기네트워크' '지리산권시민사회단체협의회' '국시모 지리산사람들' '지리산종교연대'….
우리에겐 자연을 자연답게 지키는 일이 사람의 도리이자 인류의 공동선이라는 믿음이 있다.

그저 바라만 보아도 넉넉한 '악양'

지리산 악양면은 지리산 남쪽 고을의 너른 분지로 면이 하나의 마을 같다. 그래서 지리산 촌로村老들은 악양을 1촌 1면으로 일컫는다. 삼면이 병풍처럼 산으로 둘러싸여 있고 앞에는 섬진강이 흐르고 또 곁으로 백운산이 보듬고 있으니 사시사철 시시때때 변화무쌍한 풍광을 자랑한다. 누구나 한번 이곳에 들면 머물고 싶어 한다. 신라시대 나당연합군을 이끌었던 소정방이 이곳을 중국의 악양에 빗대어 이름 지었다니, 그도 이곳에서 뿌리를 내리고 싶었는지 모른다.

고려시대 한유한 선생은 난리를 피해 이곳에 들어왔다고 한다. 무신 정권의 부조리를 직면하고 훌훌 털어버린 그, 조정의 거듭된 부름에 귀를 닫고 도인이 되었다고 한다. 외둔마을 쪽 섬진강 바위에는 모한대慕韓臺란 글씨가 바위에 새겨져 있다. 후대가 그를 그리워하며 새겼다. 속세의 번잡함을 멀리하고 자연에 들어 안빈낙도安貧樂道를 실현하며 달관과 자족의 삶을 살다 간 사람들의 이야기는 힘겹게 생을 이어가야 하는 범인凡人들에게 위로가 된다. 그 위안거리가 악양 곳곳에 널려 있다. 조선 개국공신 조준의 후손이 한양을 떠나 자리를 잡은 상신마을 조부자 댁. 마을마다, 밝혀지지 않았지만 난리를 피해 혹은 이상향인 청학동을 찾아 들어온 사람들.

그리고 최첨단 산업사회에서 도시를 뒤로하고 악양 여기저기 자리를 잡은 귀농귀촌인들과 문화예술인들. 이 모두가 지리산을 그리며 찾아든 그 옛 선인들의 행렬이다. 악양에서는 스스로 세상을 이격하여 지나치게 물질에 종속되기보다 주체적으로 이웃과 더불어 살아가려는 다양한 시도들이 꿈틀거린다. 풍요로운 만큼 아픈 역사도 가진 곳이 악양이다. 빨치산이 식량을 구하기 위해 대대적으로 이곳을 털었다. 면사무소가 두 번이나 소실되었다. 슬로우시티 악양으로 지정되기 전 사람들은 화개나 청암처럼 대규모 관광지로 개발되길 원했다.

남명 조식 선생이 녹사 한유한과 일두 정여창의 흔적을 찾아 악양을 그리워하다 날을 잡고 고개를 넘어오다 돌아갔다는, 그래서 회남재가 된 그곳에 서서 악양을 바라본다. 하늘은 인간을 위해 모든 것을 다 주었다. 땅, 바람, 물…. 그저 한없이 바라만 보아도 넉넉하다.

악양

박남준(시인)

매화꽃 그늘 아래 키 발을 들고
꿀벌들이 코를 벌름거리고 있다
청보리떼 몰려다니며 봄바람을 부른다
무딤이들 부부 소나무 사랑을 엿보았나
자운영 꽃 들녘 붉게도 달아올랐다
집집마다 햇차 덖는 향기
모내기 끝난 어린모들 안부가 궁금하여
구제봉에서 형제봉까지 안녕의 얼굴로 굽어보고 있다
저거 봐라 어디 어디
맑은 악양천 은어들이 올라오네

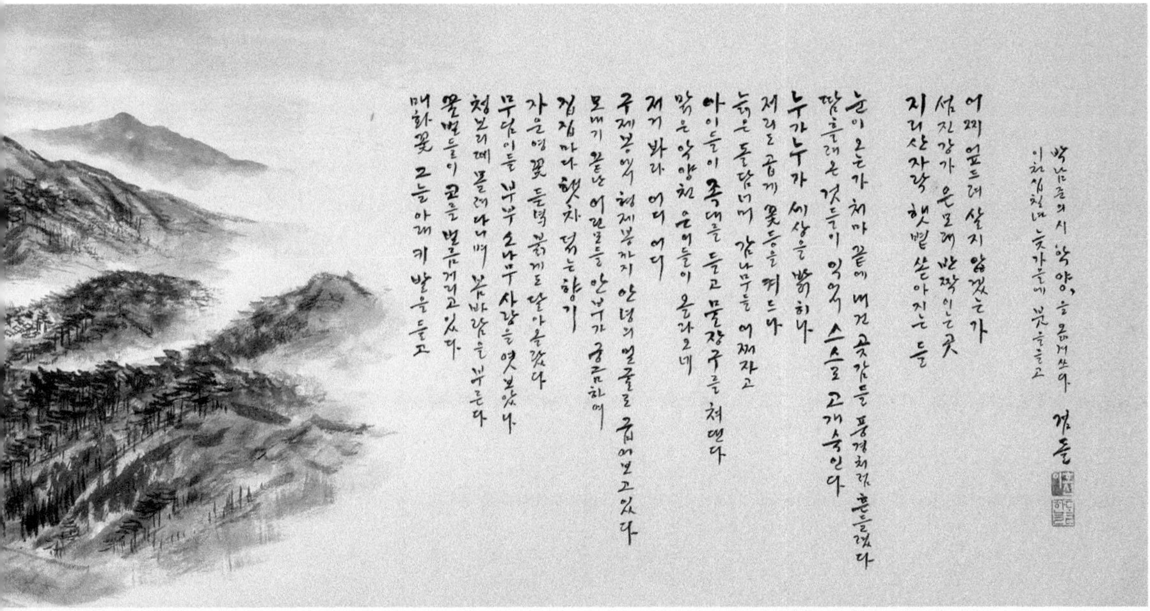

아이들이 족대를 들고 물장구를 쳐댄다
늙은 돌담너머 감나무들 어쩌자고
저리도 곱게 꽃등을 켜드나
누가누가 세상을 밝히나
땀흘려온 것들이 익어서 스스로 고개 숙인다
눈이 오는가 처마 끝에 내건 곶감들 풍경처럼 흔들렸다

지리산자락 햇볕 쏟아지는 들
섬진강가 은모래 반짝이는 곳
어찌 엎드려 살지 않겠는가

하동 악양 동천(岳陽洞天)
69×275cm,
한지에 수묵채색과 시,
2017

깊숙한 골 안 산내면의 가을

지리산 산내면, 깊숙한 골 안이다. 지리산은 천왕봉에서 노고단까지 마룻금이 동서로 이어져 있다. 지리산문화제나 지리산권 주민들이 모일 때 마룻금을 사이에 둔 지리산 사람들이 농담 반 진담 반 '공부 하려거든 산내로, 풍류를 찾거든 악양으로…'

그렇다. 지리산 북쪽에 자리 잡은 산내면은 춥다. 춘삼월이 되어도 산자락에 눈이 쌓여 산바람이 살을 파고든다. 협곡을 이룬 곳이니 몸을 곧추세워 정신을 가다듬고 천지를 깨우치는 가르침을 듣는다. 이리저리 시간을 낭비할 여지가 없다. 긴 겨울이 끝나면 찬바람 속에 모내기를 하고 일찍 거두어야 한다. 깊은 산중이니 계절의 변화가 빠르다. 그래서 노닥거림 없는 생활이니 빗대어 공부하기 좋은 곳으로 에둘러 표현했을 것이다.

실상사! 산내의 중심이다. 지리적으로 연화부수형 중심 자리에 앉은 실상사는 일반적으로 구산선문 최초의 가람으로 알려졌다. 일반인에게 낯설다. 선종이니, 교종이니 절집의 이야기는 낯설다. 등 따습게 하는 일과 무관해 보인다. 부처님 전에 가족의 안녕을 빌고, 무사를 원하는 마음을 바칠 뿐이다.

지리산 남원 산내의 늦가을
67×246cm,
한지에 수묵채색,
2017

그러나 실상사는 세상일을 외면하지 않는다. 산업사회의 중추를 담당한 사람들이 도시를 떠나 실상사 귀농학교를 중심으로 모이게 하고, 세상의 아픔에 동참하며 지금 여기서 중생의 삶이 부처의 삶으로 변하게 하는 활동에 힘을 보탠다. 1990년대 후반, 귀농과 생명운동의 단초를 지리산에서 열었다. 지리산 공부모임이 실상사에서 진행되면서 낱낱의 관계가 서로 얽혀 비추는 생명의 그물코이며 내가 없으면 네가 없다는 진리, 지리산이 우리라는 의식의 진화를 가져왔다. 농사와 공부, 그리고 사부대중-절집과 마을이 따로 있지 않다는 생각으로 사람들은 학교를 세웠고, 마을신문을 만들고 스스로 주체가 되는 삶의 양식을 가꾼다. 크고 작은 모임이 50여 개가 되는 산내는 더불어 사는 방법을 고민하고 지리산을 하나의 공동체로, 아픔의 한국사회를 희망의 나라로 가꾸자는 결의를 하고 구체적 대안과 행동을 실천하는 공간이 되었다.

호젓한 느티나무 아래 산내를 눈에 넣어본다. 마을과 절, 개울과 길, 지리산의 깊숙한 안골로 살아왔듯이 오늘도 지리산의 희망이 되는 삶의 조각들이 곳곳에 펼쳐져 있다. 그리고 젊은 청년들이 산내에 모여 세대를 이어갈 준비를 하고 있다.

차례

지리산둘레길 그림 편지를 열면서 6

01 세사를 시름하던 이들의 진입로 15
우리 또한 이곳이 고향이었지… **함양 금계~동강**

02 섬지뜰, 생명의 끈을 잡은 하심下心의 길 29
오늘 하루를 묵묵히 채우는 일상 **구례 오미~난동**

03 섬진강에 깃든 꽃대궐 39
아이들 웃음꽃 끊어지지 않기를… **하동 삼화실~대축**

04 길바닥에 놓여 있는 우리의 자화상 51
한바탕 지나는 꿈같은 봄날, 고향을 만났다 **구례 산동~밤재**

05 차茶 익는 길에서 63
서로가 별이 되는 날, 온 세상이 부춘富春이다 **하동 화개 부춘~가탄**

06 증오와 두려움을 넘어서는 싱그러운 초록 75
비극을 기억하며 평화를 새긴다 **함양 동강~산청 수철**

07 시대를 넘어서는 삶의 흔적 85
뜨거운 날, 자신을 냉철하게 돌아보는 길 **산청 운리~덕산**

08 산이 강이며, 마을이 숲이다 97
'지리산둘레길'을 걷는 것은 경계를 허무는 일 **구례 송정~하동 가탄**

09 이 길 위에 펼쳐진 내 가는 길 107
날마다 자신을 돌아보는 수행자의 길 **산청 수철~성심원**

10 낮은 자세로 사람들이 추수를 한다 117
우리 스스로 절개와 품격을 지닌 사람이다 **구례 오미~방광**

11 울긋불긋 옷을 갈아입은 숲길 127
무심한 자연의 흐름을 따르는 행복을 맛보자 **하동 위태~하동호**

12 장엄한 민중의 서사시 한 편 읽을 수 있는 곳 137
지금도 백성들은 일상의 무사를 빌고 빈다 **남원 운봉~주천**

13 판소리 가락과 장돌뱅이들이 가져온 세상 소식 149
해맑은 발걸음 한 걸음 옮기면 희망이 줄지어 오겠지… **남원 운봉~인월**

14 두고 온 고향을 만나는 행운 159
늙어가는 산촌이 다시 환해지기를… **하동읍~서당**

15 맘껏 펼쳐진 자연의 신비 171
숲과 섬진강, 그리고 들판 가득 생명이 넘실거린다 **하동 부춘~대축**

16 자주 멈춰 이름 불러주는 아름다움 181
가까이 살피며 걸으니 더 많이 보인다 **구례 송정~오미**

17 길 위에 드리워진 우리의 그림자 191
어둠을 뚫고 빛의 세계로 가는 여정 **산청 성심원~운리**

18 제자리를 빛내고 있는 무심함 201
그래 고향, 남명이 찾은 지리산이기도 하지 **산청 덕산~하동 위태**

19 산촌마을 짙게 배어 있는 사람냄새 211
지친 우리가 안길 곳은 이곳, 지리산! **하동 하동호~삼화실**

20 자연의 섭리 따라 사는 사람들의 기억 221
소소한 일상을 사는 이들이 위로받을 수 있는 곳 **구례 방광~산동**

21 몇백만 명이 걸었고 걸을, 이 길의 의미 233
서로 연결된 모든 존재 속으로 거침없이 걸어가자 **남원 인월~함양 금계**

지리산둘레길 그림 편지를 닫으면서 244

그린이 글쓴이 후기 246

추천의 말_김준기(지리산프로젝트 감독, 제주도립미술관 관장) 250

지리산둘레길 전체 지도 / 구간 정보 253

01

세사를 시름하던 이들의 진입로
우리 또한 이곳이 고향이었지…

함양 금계~동강 구간

겨울, 산과 강은 생각을 명징하게 한다. 지리산둘레길 금계~동강 구간. 이 땅에 기대어 사는 사람들의 흔적을 좇아 가노라면 자연과 인간이 한 몸이며, 바람과 눈이 숲을 이루고 그 속에서 사람들이 근원적인 평화를 갈구하는 현장을 확인할 수 있다. 이 길은 예부터 세사를 시름하는 이들이 지리산을 찾는 중요한 진입로였다. 이 길의 통과의례는 기도와 순례. 때로는 세상을 호령할 호연지기를, 유배와 유폐를 겪는 이들은 초연과 침묵을, 불기둥 같은 혁명가에겐 장엄함을, 그리고 이곳에 깃든 민초들은 일상의 평화로움을 지리산과 호흡했을 것이다.

살가운 사람 냄새 따라 의평마을로

금계에서 동강으로 이호신 화백의 그림을 따라 둘레길을 걸어보자. 마을과 호흡하고 있다. 살가운 사람 냄새가 뒤따른다. 함양안내센터에서 동강으로 길을 잡으면 먼저 의평마을이 있고, 의중마을이 이웃해 있다. 당산나무가 눈에 들어온다. 의평마을 당산나무 터는 옛날 하동포구에서 지고 온 소금이 벽소령을 넘어 이곳에서 거래되었다고 한다. 저 멀리 병풍처럼 지리산 천왕봉이 보인다. 추성동 지나 칠선계곡을 타면 가장 빠르다. 산청 치밭목, 외곡, 쑥밭재에서 이곳으로 장을 보러 오기도 했다.

의평마을
46×60cm,
한지에 수묵채색,
2015

600년의 시간,
의중마을 당산나무

천왕봉 가려는 마음을 접고 이웃한 의중마을로 둘레길을 따르면 당산나무가 600년이 넘는 시간을 견디고 있다. 벽송사와 서암에 이르는 수행자는 물론 각박한 현실을 이겨야 하는 범부들에게 벗이 되었을 느티나무는 마을을 넉넉하게 품어주고 있다. 한때 사람들이 이곳에서 마을의 안녕을 빌었던 것같이 오늘 길 가는 나그네 잠시 쉬면서 기원했을 것이다. 무사를….

의중마을 당산나무
46×60cm,
한지에 수묵채색,
2015

우리의 자화상,
벽송사의 부침

시대철학은 늘 재해석된다.
역사는 시대정신을 반영한다.
벽송사의 부침은 우리의 자화상을 보여준다.
고려를 끝으로 불교는 통치자들에게 버려지고
외면당한다. 조선시대 선종 불교의 맥을 이어온
곳이 지리산 벽송사. 사람들에게 널리 알려진
사명당과 그의 스승인 서산대사가 이곳에서
깨달음을 얻었다 한다. 한때 이곳은 빨치산의
근거지이자 병원 역할도 했다. 그렇다 보니
남북 대결에서 자유롭지 못했다. 빨치산 토벌
작전으로 절은 화마를 입고 전소된다.
그 환란 중에 살아남은 소나무, 오늘도 그날의
상처를 안고 세상 소식을 듣고 있다.

벽송사
60×46cm,
한지에 수묵채색,
2015

송대둘레길,
오솔길에서 나누는 대화

벽송사를 지나 걷는 송대마을과 용유담으로 가는 숲길은 오가는 이들의 마음을 아는 듯 한없이 포근하고 겨울바람이 길을 따라 나그네의 시름을 달래준다.

숲에 드니 세사의 근심이 일순 사라진다. 길벗이 두 사람 걷는다. 인생을 마무리하는 여정에 나선 노부부일 수도 새로운 신혼을 그리는 부부여도 좋다. 오솔길에서 나누는 대화는 새와 바람, 나무가 간직해 준다. 나눈 이야기는 힘겨운 시간, 위로와 추억으로 바람결에 들을 수 있다.

의평, 의중을 비롯한 이곳 지리산 골짜기 마을은 옛날에는 닥나무로 종이를 만들었으나 지금은 명맥만 유지하고 있다. 또 이곳 일대는 옻나무가 유명하다. 봄철 으뜸인 나물로 소개되는 옻순은 물론 옻칠을 생산하는 국내 유일한 곳이다.
봄철 이곳에서 먹는 옻순은 먹어본 사람만이 그 깊이를 안다.

송대둘레길
60×46cm,
한지에 수묵채색,
2015

와룡대, 짐 진 마음 한 자락
강물에 흘려보내고…

세사의 시름을 달래던 곳. 어쩌면 이 풍광이 사라질지도…. 이 구간 '지리산둘레길'은 엄천강을 따라 흐른다. 용유담을 비롯해 기암괴석이 엄천강 주변을 차지하고 있다. 물결은 바위를 넘나들며 세상에 지리산 소식을 전하며 낙동강이 되고 바다가 된다.
"강 한가운데 모양이 용이 누운 것 같아" 고종 때 사람 강신영이 와룡대라 불렀다고 한다.

바위에는 반송이 바위틈을 뚫고 올라와 생명의 숭고함을 느끼게 한다. 수많은 시인, 묵객들이 다녀갔으며 이곳의 빼어난 모습을 서화와 전각으로 남겼다. 와룡대에 이르러 엄천강의 옥구슬 구르는 물소리, 천왕봉에서 불어오는 힘찬 바람을 맞으며 질타와 멸시, 경쟁과 굴레의 세사를 잠시 잊고 바람과 햇살이 되어 짐 진 마음 한 자락 강물에 흘려보내고 있다.

산천을 대하는 마음은 한결같지 않은가 보다.
빼어남을 자랑하는 이곳을 막는 지리산댐(문정댐)이 계획되어 있다. 어쩌면 수세기 동안 지리산의 겸손함을 닮고 싶은 길손들의 마음이 수몰될 위기라니
덧없는 인간의 욕망과 탐심이 서글프다.

와룡대
46×60cm,
한지에 수묵채색,
2015

우리 또한 이곳이 고향이었지…

구시락재를 넘으면 동강이 환하게 눈에 든다. 삼삼오오 모여 오늘 걷기를 마치는 동강마을로 발걸음을 옮긴다. 빌딩과 자동차, 문명에서 잠시 벗어나 두 발로 길을 나선 이들은 연신 고개를 이리저리 움직이며 들과 산, 강과 시골마을을 가슴에 담는다. 우리 또한 이곳이 고향이었지….

지리산댐 소식이 전해질 때마다 동강마을 어르신들 속이 탄다. 정든 고향을 버리고 떠나야 할지도 모른다는 불안감으로….

구시락재 동강마을
46×60cm,
한지에 수묵채색,
2015

구례섬진강

02

섬지뜰, 생명의 끈을 잡은 하심下心의 길
오늘 하루를 묵묵히 채우는 일상

구례 오미~난동 구간

지리산에 이르는 초입 구례. 산으로만 향하는 맘은 놓치는 게 많다. 넉넉한 섬지뜰, 풍요를 꿈꾸며 고단한 노동을 반복했을 민초들의 삶이 녹아 있다. 지리산둘레길 오미~난동은 평범하고 지루한 일상을 닮은 길이다. 산이 강을 만나며 들을 낳았다. 산과 강, 들은 사람들을 만나고 있다. 그 사람은 오늘도 묵묵히 하루를 채워간다. 긴 겨울이 와도 생명의 끈을 놓을 수 없기에 강과 산, 온 들에는 하심下心으로 생명들이 숨쉬고 있다.

오봉산 그림자를 담은 섬진강

겨울, 햇살이 좋은 날.
이 화백이 화첩에 스케치하는 모습을
사진에 담는다.
그는 오봉산 그림자를 담은 섬진강을
강둑에 쪼그리고 앉아 붓질한다.
농로를 따라 한참을 걷다 만난 섬진강
앞에 오봉산이 우뚝 서 있다. 지리산이
되려다 강을 넘지 못했다지.
강의 품에 안긴 오봉산 다섯 봉우리가
각각의 햇살로 섬진강에 이른다.
강물을 가운데 두고 길섶엔 습지가
풀벌레의 보금자리 되어준다. 사람들은
오봉산만큼 들이 줄었다는 전설을
이야기한다. 너른 들은 생명 창고였으니
그 맘의 표현이다.

오봉산과 섬진강
46×60cm,
한지에 수묵채색,
2015

용호정은
기억하고 있으리라

강 따라 걷는 길이 새롭게 단장되었다.
강을 곁에 두고 용호정에 이르는 길은 데크로
만들어졌다. 나라를 걱정하는 일은 예나 지금이나
뭇 백성의 몫일까? 한일합병의 소식을 듣고
우국지사들이 모여 울분을 달래며 시계詩契를 조직해
비분강개의 맘을 나눴던 자리가 이곳이다. 한참을
방치되다시피 한 용호정이 오늘 같은 시대에 새롭게
단장되어 지역의 문화를 기리는 자리로 새롭게
가꿔지고 있어 기쁘다. 그날을 잊지 않겠다는
서생들의 다짐을 섬진강은 기억하고 있으리라.
나 또한 바르지 않은 역사에 항거한 지사들의 절개를
가슴에 새겨본다.

용호정에서
60×46cm,
한지에 수묵채색,
2015

지리산을 만나
비로소 강이 된 섬진강

구례읍으로 가까이 다가가자 섬진강이 넓어진다.
이 화백은 말한다. "산수를 그리는 화가로서
나는 언제나 현장의 아름다움을 증언하고 싶기에
소명감을 느낀다." 그러나 인위적으로 너무 많이
바뀌는 우리의 산하가 떠오른다. 섬진강은 지리산을
만나 비로소 강이 된다. 강폭도 넓어지고 수량도
많아지고 물도 맑아진다. 겨울 강, 가장자리는 얼기
마련인데 고온현상의 영향일까, 깊이 얼지 못하는
겨울 강이 이어지고 있다. 몇 년째 겨울 철새도
많지 않다.

낚시를 하는 사람과 오산의 그림자, 물새가
한가롭게 오간다. 강을 걷는 사람들은 바람에
전하는 강의 말을 듣고 있겠지.
"나도 아프다!"

구례 섬진강
46×60cm,
한지에 수묵채색,
2015

용방마을, 도란도란
벚나무 아래 길을 걸으며

지리산둘레길 구례센터를 지나 한참을 걸었다. 포장된 길이어서 지루한 맘에 자꾸 얼마 남았는지 마음에 셈을 하고 있다. 그러나 이 화백의 표정은 너무 맑고 시원해 보인다. 편하고 여럿이 걷기에 적당한 길이란다. 걸음을 멈추고 다시 화첩을 열고 붓을 든다. 저 멀리 구례 밤재에서 구례구역으로 뻗어 있는 견두산 자락이 보이고 구례읍 가까이 있는 용방마을이 걸어온 길을 확인해준다. 혼자라면 지루하겠지만 도란도란 벚나무 아래 길을 걸으며 이야기 나누는 맛이 그만이다. 무슨 일이든 만나 이야기를 나눈다면 술술 풀린다. 어깨를 나란히 하고 길을 가다 오가는 말이 어느새 정겹다. 대화 나누는 문화가 익숙하지 않지만, 걸으면 자연스럽게 이야기도 나누게 된다.

용방마을
46×60cm,
한지에 수묵채색,
2015

연파정, 길손들의 다리쉼을 찾아…

구례군 광의면 소재지. 화가의 붓끝은 저 멀리 종석대를 뒤로한 지리산에 파란 우주를 펼쳐놓았다. 하늘 아래 산이 있고 강이 있으며 들에 들어 사람이 살고 온갖 생명을 키우며 보듬는 이치를 꿰뚫어 그물코 관계라 한다. 존재하는 낱낱이 소중함을 잊지 않아야지. 연파마을은 서시천에 연파정이 있어 그 이름을 따 마을 이름이 되었다고 한다. 넉넉한 마음으로 나무 한 그루 심어 정자를 짓고 때때로 벗들과 어울렸을 연파정. 이곳 광의면 소재지는 옛날 해남에서 서울 가는 삼남대로의 길목이고 1800년대부터 장이 펼쳐졌다고 한다. 전국을 오가던 행인들 발걸음 멈추고 막걸리 한 사발 걸치며 나라 소식을 나눴을 것이다. 우리도 그때 길손들처럼 막걸리 한 사발 나눴다.

연파마을
46×60cm,
한지에 수묵채색,
2015

03

섬진강에 깃든 꽃대궐
아이들 웃음꽃 끊어지지 않기를…

하동 삼화실~대축 구간

봄이다. '나의 살던 고향은~ 꽃피는 산골~', 노랫말 같은 산촌을 지리산에서 찾는다면 하동 삼화실~대축 구간이다. 삼화초등학교(폐교, 2018년 현재 삼화에코하우스)에서 양쪽으로 이어지는 둘레길은 아이들이 학교를 오가던 길이기도 하다. 아이 웃음소리가 끊어졌지만 어김없이 오솔길에는 생강나무 꽃피고, 마을마다 매화가 지천으로 피었다. 지리산 골골이 아이들 웃음꽃도 활짝 피길 바라는 마음 간절하다.

이정마을, 다르지만
사이좋게 우뚝 선 나무

적량면 삼화실은 세 가지 꽃과 열매를 뜻한다.
이정마을은 배꽃등으로 불렸다. 이곳 당산나무는
이 마을의 타작마당을 일제 강점기 거간꾼으로부터
지킨 내력이 전해진다. 팽나무와 느티나무가
150년을 넘게 나란히 자라고 있다. 서로 다르지만
사이좋게 우뚝 선 나무가 이정마을의 정겨움을
말해준다. 정자에서 보이는 둘레길 옆 산봉우리는
밥사발을 엎어놓은 것 같아 밥봉이라 불린다.
저 멀리 산자락에 버드재가 있다.
옛날 저 산꼭대기까지 버드나무가 심어져 있어
그렇게 불렸다고 한다. 이정마을에는 비닐하우스가
많다. 이 마을의 특산물인 취나물을 기르는 곳이다.

하동 이정마을
60×46cm,
한지에 수묵채색,
2016

자신의 탯자리에서
평생을 마칠 수 있다면

"사람 없는 산수는 생기가 없어요."
이 화백의 눈이 마을 촌로에 가닿는다.
산천에 사람이 사니 전설이 되고, 민초의 넋으로
이어졌겠지…. 예순여섯의 세월 동안 제 난 곳을
떠나지 않고 사는 사람의 기억 속에 고향이 자리 잡고
있다. 경전선이 처음 열리던 날, 매실과 밤이
국가장려농산물로 지정된 배경, 그리고 마을의
전설과 설화, 사람들의 이야기를 들려주는 최일봉님.
지금은 둘레꾼들에게 황토방 민박으로 고향의 정을
나누고 있다. 자신의 탯자리에서 평생을 마칠 수
있다면 그 또한 복되고 행복한 삶이리라.

하동 적량면 이정마을 최일봉씨,
60×46cm,
한지에 수묵채색,
2016

우계저수지의
애절한 사연?

적량면은 두 개의 골로 이뤄져 있다. 삼화와 우계.
둘레길은 삼화실에서 버드재를 넘어
우계리 서당마을, 신촌마을로 이어진다.
우계저수지에서 멈춰 호흡을 가다듬다 보면 저 멀리
남해 가까이 있는 금오산이 눈에 들어온다.
능선을 따라 구릉이 마을과 경작지로 이어진다.
자연과 어울려 사는 사람살이가 느껴져 가슴이
찡하다. 저수지는 배 곪지 않으려는 노력의
결과물이자 협동생산물이다. 하늘만 바라보던 천수답
논농사는 물이 없으면 지을 수 없다. 저 멀리 이어진
논에 생명수가 흘러든 첫날의 감동은 이루 말할 수
없으리라.

우계저수지에는 애절한 사연이 있다고 하니 길을
걷다 어르신을 만나면 그 사연을 물어보자! 이루지
못한 사랑을 저승에서 이루려
색시, 물에 뛰어들었다지 아마도….

우계고을과 저수지
60×46cm,
한지에 수묵채색,
2016

하동
먹점마을의 봄

꽃대궐. 이맘때 먹점마을은 그야말로 지천이 꽃이다. 깊숙한 골에 자리를 잡아 마을이 있으리라 짐작조차 못하다 만나는 먹점마을은 무릉도원 같기도 하고 그 첫인상이 강렬하다. 마을이 양지에 자리를 잡아 따뜻한 기운이 가득하다. 마을 뒤로 악양과 적량을 가르는 칠성봉이 우뚝 솟아 있다. 마을 앞에는 호남정맥의 백운산 자락이 펼쳐져 있다. 저 너머 광양 백운산 자락에도 꽃 잔치가 열렸다. 광양시 다압면 청매실 과수원 곳곳에서 매향이 바람에 따라 전해지는 듯하다. 영호남의 매화향을 이 나라 모든 이들에게 나누어 평화로운 세상이 곳곳에서 실현되길 빌어본다.

하동 먹점마을의 봄
46×60cm,
한지에 수묵채색,
2016

먹점재에서 걸음을 멈춰 본 섬진강

임도를 따라 걷던 걸음이 저절로 멈춰진다. 섬진강이다.
악양 무딤이들이며 저 멀리 왕시루봉이 보이고 그 옆으로 노고단과 벽소령이 홀연히 나타난다. 지리산을 바라보며 걷는 길이다.
섬진강에 봄이 깃든다. 왕버드나무가 연한 연두로 피어오른다.
악양 평사리 공원 모래톱이 은빛으로 빛난다. 갱조개(재첩), 은어가 강 따라 오르겠지. 섬진강은 대표적인 산지하천으로 협곡이 유장하게 흐르며 바위가 풍화작용으로 모래가 된다. 그래서 유달리 모래 빛이 곱다. 곧 섬진강 꽃길에도 벚꽃이 피리라. 바다와 통하는 섬진강 하구에는 벚꽃철이면 벚굴이 사람들의 입맛을 유혹한다.

하동 먹점재에서 본 섬진강
60×46cm,
한지에 수묵채색,
2016

문암송이 일깨우는
지혜의 말씀

시공을 초월해 만나는 일은 늘 새롭다.
나와 이 화백이 문암송을 인연으로 두 번째 만남의 날,
"이 선생, 내 오늘 문암송을 새롭게 모실 자리를
찾았소." 천연기념물이 된 내력은 안내 표지판에
상세히 소개되어 있다. 주변은 크고 작은 바위들이
쉼터가 되고도 충분히 남을 공간이다.

솔씨 하나 바위에 촉을 내는 힘겨움을 마다했다면,
다리쉼을 하던 길손이 어린 나무를 뽑아버렸다면,
이웃지기로 자라는 서어나무가 좀 더 가까이 자라
빛조차 들지 않았다면, 어느 사람 그 그늘 지키고
그 나무 돌보며 시회를 열지 않았다면,

문암송의 내력을 짚어본다. 그저 이루어진 존재가
있을까? 서로의 만남이 탄생이었음을 절묘함의
조화였음을 아는 게 얼마나 행복한가.

악양 축지리 문암송
46×60cm,
한지에 수묵채색,
2016

04

길바닥에 놓여 있는 우리의 자화상 한바탕 지나는 꿈길은 봄날, 고향을 만났다

구례 산동~밤재 구간

인생은 한바탕 꿈이라 한다. 꿈은 변태, 변화이다. 구례 산동~남원 주천 구간을 걷다 보면 시공時空에서 발버둥치는 우리를 본다. 길은 호젓하고 한가로운 시골길, 신작로와 2차선, 4차선 국도와 고속도로, 시간의 흔적을 간직하고 있다. 출세를 위해 봇짐 지고 걷는 이, 우마차와 버스를 탄 사람, 자가용족, 시대에 따라 오갔을 우리의 자화상이 길바닥에 놓여 있다. 도시로 떠난 이들은 이맘때, 화사한 봄이 그리워 이 길을 다시 찾는다. 길섶에는 숨죽이고 핀 봄꽃들이 향연을 펼치고 있다. 한바탕 지나는 꿈같은 봄, 화사함(色), 향긋함(香), 맛남(味)을 찾은 이들이 잊었던 생명의 고향을 만났다.

빈한하나 정겨운
산동면 소재지

산동면사무소의 원촌마을 소개 자료를 보면
조선 성종 때 김씨와 공씨가 처음 정착하여 마을이
이뤄졌으며 임진왜란 후에 이씨, 박씨, 유씨가
정착하면서 큰 마을로 발전되어 원을 두었으나
여순반란사건과 6 · 25동란으로 전 가옥의 80%가
전소된 후 다시 복구되었다고 한다.

산동면 소재지를 찬찬히 보려고 동산에 올랐다.
정겹다. 빈한하나 꼭 있어야 할 것들은 있다.
장날이 되어야 북적거리는 옛날 소재지의 모습을
드러낸다. 장 보고 오는 아비 손에 들려 있을
눈깔사탕을 기다리는 아이나, 튀밥 터지는 소리에
귀를 잡고 있다가 부스러기를 줍거나 국수
타래 사이를 오가며 소꿉놀이를 하는 아이들이
어른거린다. 대형마트와 온갖 소비재가 넘치고,
자동차로 오가는 길, 편의와 편리가 가득 차 있는데
왜 만족하지 못하지!

산동면 전경(원촌리)
60×46cm,
한지에 수묵채색,
2016

봄이 온 현천마을은 잔치 같다

노랑은 봄 햇살과 잘 어울린다. 산중에 생강나무는 숲에 숨은 듯 꽃을 피우지만 산수유는 드러내 놓고 핀다. 그 화려한 색과 향으로 벌을 유인하고 열매를 맺어 종을 이어간다지. 생명의 항연은 종을 이을 때만이 유효하다. 현천마을의 산수유는 화려하다 못해 시리다. 마을은 사람들이 다음 세대를 이어가는 최소의 단위이자 필요조건 가운데 하나임이 분명하다.
봄이 온 현천마을은 잔치 같다. 그림과 사진으로 풍경을 담는 이, 봄나들이 하는 이들로 북적댄다. 마을 어귀에 자리 잡은 저수지는 견두산 골짜기 맑은 물을 담고, 그 물 속에 꽃핀 마을이 앉아 있다. 저수지 주변은 오래 걸을 수 있는 산책로이다. 이 화백과 한 쌍의 연인이 되어 물길을 걷다 저수지 정면을 바라보니 지리산 자락이 마을로 쏟아진다.

현천마을의 봄
46×60cm,
한지에 수묵채색,
2016

계척마을의
산수유 시목

첫 시작은 모든 존재를 넘어서 있다. 태초의 열림이 모든 것을 있게 했다. 그 태초는 우주의 기원, 우주 이야기이자 모든 존재의 이야기이다. 한 생을 온전히 이해하는 것은 그의 삶 이야기를 다 알고서야 가능하다고 한다. 우리나라에 산수유가 들어온 이야기, 그 첫 시작이 계척마을에 있다. 기록된 1,000년의 시간이 아득하다. 산동 지명유래와 중국 산동에서 산수유를 들고 이곳에 시집 온 처녀의 이야기는 상상의 나래를 펴게 한다. 지구촌 어느 곳이든 사람들은 서로 오갔을 것이고, 애초에 한 종으로 태어났는데…. 국가, 종교, 이념의 갈등으로 수많은 생명들이 지금도 희생당하니 안타깝다. 상춘객을 맞아 봄나물과 지역 생산물을 파는 어미의 손이 산동색시의 고달픈 시집살이를 떠올리게 한다.

산수유 시목
46×60cm,
한지에 수묵채색,
2016

밤재에서 내려다본 남원시

구례군과 남원시의 경계지역. 밤재에서 남원시 쪽을 바라본다. 저 멀리 고리봉이 눈에 들어온다.

"삼국시대에는 백제와 가야 세력이 있던 지역이다. 신라 통일 후에는 고구려의 유민들을 남원으로 이주시키고, 남원경을 설치하였으며, 거문고 등 고구려 문화가 전승되었다. 조선시대에는 남원도호부로 승격되었다. 매년 5월 초에는 광한루 일대에서 성춘향을 기리고 전통 문화를 계승하는 춘향제와 전국춘향선발대회가 열린다."

지리산권에서 유일한 시市. 백제, 신라, 가야, 고구려 유민으로 그렇게 살았다. 시대에 따라 이쪽과 저쪽으로 살았을 뿐! 그 땅 아래 한 몸이었구나.

고리봉 왼편 안쪽 분지에 남원 시내가 보인다. 섬진강 줄기인 요천蓼川. 춘향, 그 내를 보며 이도령 향한 마음을 몇 번이고 지우고 새겼으리라.

남원 밤재
46×60cm,
한지에 수묵채색,
2017

노루귀와 은사시나무
반짝이는 길

노루귀와 은사시나무가 반짝이는 길. '노루귀'의 꽃말은 '인내, 위로'이다. 꽃이 핀 다음 나오는 잎이 노루의 귀를 닮아 붙여진 이름이다. 복수초, 바람꽃과 함께 봄을 알리는 대표적인 야생화로, 보라, 다홍, 청색, 흰색 등 꽃색이 다양하다. 길섶에 낮은 자세로 핀 그 꽃을 바라보노라면 온갖 근심이 묻힌다.

무리로 피어 빛난다. 그 숲에 바람이라도 불면 일제히 잎사귀를 뒤집어 팔랑이며 은빛 물결을 이루는 '은사시나무'. 표피에 마름모 무늬가 새겨져 있다.

하늘을 향해 무엇을 저리도 빌고 있을까. 우주 끝까지 지상의 소식을 전하고 싶은가 보다. 밤재~주천 구간 숲길에서 노루귀를 만나 마을로 드는 곳 개울 옆 가득 은사시나무가 빛을 만나 반짝이며 나그네의 시름을 달래준다.

노루귀와 은사시나무
60×46cm,
한지에 수묵채색,
2017

내용궁마을
효자비각의 찡한 사연

옛날 구례에서 남원으로 이어지는 길은 밤재와 숙성치로 사람들이 넘나들었다. 두 갈래는 내용궁마을 초입에서 만난다. 마을이 보인다.

저수지 옆에 효자각과 사당이 있다. 주천면 소재지에서 마을로 들어오는 길가에도 효자비가 서 있다. 길지에 자리 잡은 마을 내력만큼이나 격이 높은 삶을 살다 간 사람이 많다. 장안저수지 물빛에 노란 산수유가 흐드러지게 피었다. 물 맑고 공기 좋은 곳에서 주어진 삶을 이어가고 있는 마을 사람들이 오늘도 전해주는 이야기는 가슴을 울린다.

'어느 해 겨울 병환 중인 아버지가 잉어를 원해 요천의 얼음을 깨니 쌍잉어가 나와 끓여 드렸고, 똥 맛을 보며 어머니 병의 경중을 가늠했으며, 설중에 고사리를 원하니 교룡산 골짜기에서 구해 드렸다.'

이곳에서 만난 류익경 효자비각의 내용이다.

내용궁마을 둘레길에서
60×46cm,
한지에 수묵채색,
2017

05

차茶 익는 길에서
서로가 별이 되는 날, 온 세상이 부춘富春이다

하동 화개 부춘~가탄 구간

5월, 부춘~가탄에 이르는 지리산둘레길 마을마다 차가 익어간다. 이 길을 잇고 우리는 '처사의 길'로 불렀다. 지루한 임도와 경사도 높은 숲길, 오르고 내리고를 반복하는 마을길이다. 한 걸음 한 걸음 이어가다 만나는 찻집, 다원이 마을을 이루고 있다. 다선일미茶禪一味를 자랑하는 곳의 마을이어서 그런가? 가탄, 백혜, 대비大悲, 도심촌道心村, 중촌, 부춘富春으로 예사롭지 않은 이름을 가지고 있다.

가야국 일곱 왕자의 성불에 감화되어 골골에 생긴 절, 신선이 즐기는 녹차, 고려조 거짓 세상을 버리고 이곳에 든 녹사 한유한 등 길 따라 얽힌 사연도 많다. 불도를 닦아 해탈을 하고 속세를 버리고 도인이 되었다는 이야기에 빠져든다. 이 길에 들어서면 세파를 이기고 세상을 관조하며 자신을 채찍질하는 달관의 경지가 여전히 살아 퍼덕거린다.

화부춘 마을
하동

서로가 별이 되는 날, 온 세상이 부춘富春

불처골, 별골. 그 새김이 많다. 누군가는 권력 다툼으로 점철되는 세상을 버리고 이곳에 들어 도인이 되었다지. 생로병사와 욕망의 거친 윤회를 벗은 부처가 깃들었다고도 한다. 마을은 한없이 따뜻하다. 별이 많은 곳이다. 누구나 따뜻한 곳을 그리워한다. 요즘같이 점점 더 빈부의 격차가 심해지고, 돈의 힘이 세어질수록 한 줌의 따뜻한 별이 더욱 절실하다. 해발 1,000미터가 넘는 악양 형제봉에서 섬진강으로 흐르는 냇물은 그저 한가롭기만 하다. 냇가에 솟은 바위와 나무, 저 건너 백운산에서 이는 물소리 바람소리가 치열한 무소유의 경지를 전한다. 그리고 사람의 안온함이 마을이 되고 세상이 되었다. 서로가 별이 되는 날, 온 세상이 부춘富春이다.

하동 원부춘마을
47×60cm,
한지에 수묵채색,
2016

없는 듯 고개 내밀어 인사하는 '히어리'

숲에 들면 비로소 안다. 서로의 자리가 얼마나 빛나는지…. 제자리 욕심으로 산다면 숲을 이루지 못한다. 지리산 숲길을 걷다가 들여다본 숲살이는 한 치의 어그러짐이 없는 우주의 질서를 느끼게 한다. 무성한 잎이 들기 전 빈자리를 찾아 꽃을 피우고, 틈새로 드는 빛을 따라 줄기를 뻗는 그 숨결은 우주 탄생의 절묘함과 고귀함이다. 5월의 숲길은 이 화백이 그림을 그리는 심연을 말하게 한다.
"내가 그리는 게 없다.
자연의 질서가 붓을 들게 한다."
그리고 자연은 스스로의 자리를 내어준다. 히어리는 지리산의 깃대종이다. 소나무 숲에 묻혀 보이지 않은 듯하다, 옆자리 양지에 자리가 비면 고개 내밀어 인사를 한다. '나 여기 있었어.' 그 독백, 넌 얼마나 많은 이들의 이야기를 귀담아듣고 있니?

히어리와 소나무
60×47cm,
한지에 수묵채색,
2016

그 옛날 주막자리에
하늘호수

오르막의 시작이나 내리막 끝이 만나는 곳,
주막자리. 오가는 길손들의 다리쉼과 막걸리
한 잔에 국밥 한 그릇으로 허기를 채우고 오갈 길을
가늠해본다. 흔적조차 희미한 그 옛날 주막자리에
하늘호수가 있다. 주인장은 30년 전 이곳에 자리를
잡았다. 나무꾼과 선녀로 살던 부부가 둘레길이
열리자 거처를 쉼터로 내놓았다. 관광지 숙박업소와
펜션이 있긴 하지만 드문드문 다니는 길손을
상대하기에는 여러 가지 여건이 녹록지 않다.
가파른 길을 나고 드는 사람들이 잠을 자고 요기를
하기에 이곳이 안성맞춤이다. 바람 곁에 앉아
삼도봉에서 섬진강으로 이어지는 불무장등 황장산
능선을 화개 십리벚꽃길 너머로 바라보는 멋이 있다.
부부가 서로를 걱정하고 챙기는 모습이 애살스럽고
곱다.

하늘호수 부부
60×47cm,
한지에 수묵채색,
2016

일상다반사,
일상이 수행

녹차 한 잔에 담긴 수고로움은 헤아릴 수 없다. 하동 화개, 악양골은 4월 말부터 5월까지 집집이 차 덖는 향으로 가득하다. 한 잎 한 잎 손으로 따고 덖고 비비고 말려, 목구멍에 풋풋하고 비릿한 달콤함이 여운으로 남는 하동 수제녹차 특유의 향과 맛을 내기까지 온몸 공력이 들어간다. 차밭은 좋은 차의 조건 가운데 으뜸이다. 바위를 뚫고 자라는 비탈면의 화개 차밭은 다른 지역에서 맛볼 수 없는 향을 내게 한다. 불가에서는 차를 마시고 밥을 먹는 일상을 다반사로 일컫고, 일상이 수행이라는 가르침을 전한다. 한없이 펼쳐진 산비탈의 차밭에서 온종일 차를 따는 일은 묵언수행이 따로 없다.
부디 화개 차밭을 지나는 길손들이 더불어 차 한 잔 나누는 여유로움을 알아 커피에 밀려 아사지경에 이른 녹차 농가가 살아났으면 한다.

하동 정금리 차밭
47×60cm,
한지에 수묵채색,
2016

"아들이 나보다 훌륭한 차인"

'지리산둘레길'과 '국립공원 탐방로' 연결 안내판을 만나는 곳이 도심마을이다. 천년 차나무를 만나러 갔으나 차나무는 없고 도심다원 주인장의 반가운 미소와 차향만 남아 있다.
"인재라요. 천년 차나무를 관광 자원으로 봤지, 돌보는 마음이 없었던 거라요. 천년 차나무가 하동군 관광 홍보물로 쓰이면서 수많은 발길과 사람의 흔적을 견디지 못해 죽고 말았습니다."
화개는 우리나라 차 시배지로, 오랜 역사를 간직한 차나무 또한 지천일 수 있다. 굳이 딱 한 그루만을 천년 차나무로 지정한 것부터 어불성설이란다. 하동차는 국가 중요 농업생산물로 지정되어 있다. 방편보다 올바른 처방이 먼저이다. 오래도록 화개차의 저력이 이어지게 할 수 있는 길을 "아들이 나보다 훌륭한 차인"이라는 오시영 선생의 말에서 찾으면 어떨까.

도심다원 오시영 선생
60×47cm,
한지에 수묵채색,
2016

깊은 골 초입,
하동 가탄마을

화개는 골이 깊다. 깊은 골 초입에 있는 가탄마을.
느티가 그늘이 된 정자에 앉아 한가롭게 지리산으로
드는 골바람을 즐긴다. 저 멀리 화개장터가 보인다.
영호남이 따로 없지. 섬진강을 따라 온 소금가마
골바람 따라 난 길로 화개재를 넘어 함양으로
산청으로 방물장수 발품 따라 이리저리 날렸다.
화개, 십리벚꽃길이라 했던가. 벚꽃 필 때 밀물처럼 든
사람들 다 떠나 마을마저 텅 빈 느낌이다. 손놀림이
빨라진 농사철, 몸이 성치 않은 마을 어른이 지팡이에
몸을 맡기고 여기저기 다니며 무료함을 달랜다.
정자에 올라앉은 객이 농주 한 잔을 권해도 알아듣지
못한다. 아름다운 여울, 화개천이 그저 무상한
삶을 달래준다. 한땐 저 노인 또한 보리가 익을 때
화개천에 몸 담그고 은어 훑치기하던 아이였지….

하동 가탄마을
47×60cm,
한지에 수묵채색,
2016

06

증오와 두려움을 넘어서는 싱그러운 초록
비극을 기억하며 평화를 새긴다

함양 동강~산청 수철 구간

초여름, 지리산둘레길 수철~동강 구간에서 이 땅의 평화를 물었다. 지구촌 냉전의 결과가 여전히 이곳에 남아 있다. 우리 안에 있는 증오와 두려움은 전쟁의 씨앗이 되어 수많은 생명을 앗아가 버렸다.

20세기 영성가이자 사회비평가인 토마스 머튼(1915~1968)은 "평화를 위해 제거해야 하는 것은 상대편이 아니라 전쟁의 뿌리가 되는 우리 안에 있는 증오와 두려움"이라 했다.

우리는 여전히 나와 다르다는 잣대로 날마다 이념, 종교, 정치, 문화 전쟁을 벌이고 있다. 일상이 살얼음판 같다고 한다. 더 심하게 말하면 사회의 기득권을 차지하고 유지하기 위해서 악을 정당화하고 합리화한다. 오죽하면 평화를 위한 전쟁을 부르짖을까!

이 길에는 한국 현대사의 비극들이 살아 꿈틀거리고 있으며 망국의 슬픔과 애절한 사랑 이야기가 숨겨져 있다. 그럼에도 환하고 싱그러운 초록이 지리산을 물들이고 있다.

우리 마음 속
평화새김

마을로 간 한국전쟁은 부도덕의 극치를 보인다. 치적 쌓기, 권력유지 수단으로 양민을 학살했던 야만의 전쟁이 우리에게도 있다. 1951년, 이곳 방곡, 가현, 점촌, 서주마을 사람들은 갓난이, 노인을 막론하고 군의 총부리에 죽임을 당했다. 살아남은 이들의 기억으로 희생당한 현장에 조그마한 비석이 섰고, 한참의 시간이 지난 후에야 국가는 '산청 함양 사건 추모공원'을 설립했다. 이것으로 그 희생이 값진 부활로 이어졌나! 아니다, 기억과 추모라는 의례를 넘어서야 한다.

굴절의 역사를 거친 우리에게 "평화는 전쟁보다 더 큰 영웅심을 요구하며 진리에 충실하고 양심에 대해 더욱 완벽하게 순수한 것"이란 토마스 머튼의 평화새김이 더욱 간절하다.

방곡마을 희생장소 보존지역
46×60cm,
한지에 수묵채색,
2016

자기를 사랑하고 꿈을 키우는
절실한 아름다움

이루지 못한 사랑을 가슴에 품고 이곳에서 다음을 기약한 이의 심정을 느끼고 싶었다. 폭포 아래로 들어갔다. 비가 온 뒤여서 물살이 세다. 옥돌 같은 바닥돌이 미끄럽고 물이 차고 맑다. 빛이 좋아 무지개가 폭포수 물줄기 따라 걸렸다. 가까이 다가서니 기암괴석이 보인다. 이룰 수 없는 '사랑 이야기'에 빠져들지 못하고 장관을 연출하는 폭포의 풍경에 홀렸다. 문득 죽음이 끝이라면 하늘나라 저승에서라도 인연을 갖겠다는 그 믿음, 이야기가 되었을까? 오롯이 폭포 스케치에 빠져 있는 이 화백에게 애절한 사랑 이야기는 전달됐을까. 폭포가 흐르는 물가에서 탁족하며 동행한 후배 화가에게 진정한 사랑을 담은 그림을 주문한다.

비록 남루한 시대를 만나 꿈을 이루지 못하더라도 자기를 사랑하고 꿈을 키우는 건 절실한 아름다움이다.

상사폭포
60×47cm,
한지에 수묵채색,
2016

조롱조롱 작은
은방울꽃 군락

오솔길에 드니 바닥이 온통 은방울꽃 군락이다. 가까이 가니 더욱 아름답다. 무심코 지나는 길손이 더 많을 것이다. 조롱조롱 작은 방울이 소리를 내며 몸짓 하는데 그저 앞만 보고 걷는다. 분홍빛 쥐오줌풀, 은방울꽃을 보며 놀린다. "키를 키워! 그리고 은색이 뭐니?" "화려한 색으로 바꾸고 진한 향기를 내 봐." 때와 철에 맞춰 들꽃들이 제자리에서 환하다. 지금이 꽃자리, 지금 여기가 진리의 자리! 오랜 가르침이 그렇게 전해지는데…. 내 자리, 지금 자리를 얼마나 못마땅해하는가! 오늘, 때를 기다리며 조금씩 준비한 은방울꽃이 군락이 되었다. 둘레길이 처음 열렸을 땐 그저 몇 송이 띄엄띄엄이었는데…. 무리 지어 초롱거리니 더욱 곱다.

고동재 은방울 군락
47×60cm,
한지에 수묵채색,
2016

세사의 명멸이 왕산과 필봉으로 오간다

산불감시초소에서 산청읍이 내려다보이는 곳 왼편으로 왕산과 필봉이 나란히 자리 잡고 있다. 사직社稷이 폐해지고 따르던 민초들마저 뿔뿔이 흩어졌다. 가락국 마지막 임금마저 숨을 거뒀다. 몰락과 영욕의 세월을 깊이 눌러두려는가? 구형왕릉 돌무덤과 함께 왕산이란 이름이 전해진다. 왕산엔 고려의 멸망과 함께 이곳에 든 고려유민들의 애한과 충절이 회자되고 있다. 필봉, 문필봉은 출세와 이름을 떨치기를 바라는 사람들의 소원이 담긴 산봉우리 이름이다. 절묘함과 기묘함이 느껴진다. 세사의 명멸이 왕산과 필봉으로 오간다. 세상 이치는 머물지 않고 흐른다. 시야가 탁 트인 산불감시초소 사방이 고요하다. 천왕봉이 아스라이 보이고 함양 · 진주 독바위, 웅석봉, 십자봉, 밤머리재, 황매산이 제자리를 지키고 있다.

왕산과 필봉산
60×47cm,
한지에 수묵채색,
2016

수철마을 모내기,
농사는 천지의 하모니

산골짜기마다 논이 산을 담는 계절이다.
모내기가 시작되면 논에 물이 채워진다. 몇 번의
써레질을 거치고 흙탕물이 가라앉은 논에 세상이
새롭게 펼쳐진다. 해, 달, 별, 산 그림자는 논에
비치다가 모심기를 하면 모가 자라는 것을 지켜준다.
논 가득 벼가 자라면 그동안 모가 자라는 것을 지키던
해, 달, 별, 산은 제자리로 돌아간다. 그다음부터
바람, 볕, 소리가 고개 숙여 나락이 되도록 곁에 있어
준다. 농사는 천지의 하모니이다.

세계자유무역협정, 생활의 변화로 쌀 소비가
급격히 줄어들면서 웬만한 논들이 밭이나 대지로
변하고 있다. 농사 역시, 주로 돈을 만들 수 있는
작물로 대체되거나 기술농법으로 바뀌어간다.
모든 게 바뀌어가는 것 같아도 자리를 지키고 일용할
양식을 짓는 농부의 손놀림은 이어지고 있다.
자연의 일부가 되어.

수철마을 모내기
47×60cm,
한지에 수묵채색,
2016

07

시대를 넘어서는 삶의 흔적
뜨거운 날, 자신을 냉철하게 돌아보는 길

산청 운리~덕산 구간

시대를 넘어 참사람으로 살고자 하는 바람은 누구에게나 있다. 지위고하를 막론하고 제대로 된 삶은 향기롭다. 이웃과 나라를 위해 헌신한 흔적이 배어 있는 지리산둘레길 운리~덕산 구간. 뜨거운 태양이 온 세상에 열기를 뿜어내지만, 자신을 올곧게 세우고 이웃을 따뜻하게 한 이야기가 한여름 시원한 그늘이 되어준다.

그런 마음과 모습을 기리고 닮는 여정이 지리산둘레길 걷기다.

재일교포로 살면서 모은 재산을 조국 땅 고향에 희사한 이야기는 이 나라 산업 현장에서 땀 흘리고 있는 이주노동자에 대한 연민을 자아낸다. 철저한 자기 성찰로 성인의 길을 가며, 정의로운 사회를 위해 부조리한 현실을 가차 없이 비판한 남명 선생의 길은 지금 우리가 어떻게 살아야 하는지 일깨워준다. 세상은 그 구성원들의 의식수준만큼 진화한다. 뜨거운 날, 지리산으로 자신을 냉철하게 돌아보는 길을 떠나자.

운리 마을회관 앞 '최복순여사공적비'

마을회관 앞 '최복순여사공적비'. 일부러 찾지 않으면 길 걷는 이들은 이곳을 그냥 지나친다. 공적비에는 '고생 끝에 모은 재산을 고국에서 느낀 가난한 처지를 되새기며 고향을 도운다는 일념으로 사리사욕 다 버리고 공익사업에 앞장서니 향민이 그 공을 기린다'고 적혀 있다. 동갑인 마을 할머니는 최씨 할머니가 92세이고 일본에 살고 있으며 비석을 세우려 할 때 사양했다고 전한다.

공적비에 쓰인 글을 유심히 읽다, 문득 이주노동자의 삶이 떠올랐다. 1970년대 새마을운동이 한창일 때 재일교포들의 성금으로 마을회관을 짓던 기억과 함께. 우리가 외면하기 쉬운 이주노동자들처럼 이국에서 고향을 그리며 눈물을 삼켰을 동포가 있었음을 기억하고 그들을 따뜻한 이웃으로 안아주자.

운리 마을회관에서
47×61cm,
한지에 수묵채색,
2016

원정마을
정자와 우물

운리를 지난 지리산둘레길은 원정마을 당산나무를 지난다. 원래 두 그루의 당산나무가 있었다고 한다. 과거 보러 가던 길손이 당산 느티나무에 정성을 들이면 급제를 했다고 전해진다. 할머니 한 분이 옆 빨래터에서 흙 묻은 신을 씻는다. 아낙들이 물도 길고 서방들 흉도 봤을 것이다. 집집 소식을 듣던 나무는 그 기억을 가지마다 간직하고 있을 테지…. 정자에 올라 앞 들을 바라본다. 벼가 자라는 모습이 한눈에 들어온다. 김매기에 지친 농부들이 나무 그늘에 앉아 막걸리 추렴이라도 하는 날, 나무는 그늘을 드리워 그들을 맘껏 위로했겠지. 지금은 한낮 더위를 피해 연로하신 어르신이 걷는 이를 물끄러미 바라볼 뿐이다. 노동력이 부족하다 보니 벼농사는 기계와 농약에 의지한다. 김매기 또한 어쩌다 볼 수 있을 뿐이다.

원정마을 정자와 우물
46.5×60cm,
한지에 수묵채색,
2016

공양간 쌀뜨물이 오 리를 갈 정도였다는 절은 사라졌지만…

임도를 따라 한참을 오르다 보니 장승이 눈에 들어온다. 처음 둘레길이 생겼을 때는 없었는데…. 작은 정자도 놓여 있다. 시야가 탁 트인다. 옥녀봉 아래 운리 일대가 눈에 들어온다. 오늘은 서양화가, 사진작가, 둘레길 일꾼 등 동행이 많다. 이 화백은 땡볕에 스케치를 한다. 정자에 앉아 다리쉼을 하면서 농을 친다. "더운데 쉬었다 해요.", "세상살이 보직이 좋아야지.", "사진으로 찍고 집에서 그려요." 동행이 많으니 여행이 활기차다.
운리 일대는 단속사가 있던 곳이다. 저 멀리 보이는 논 옆에 물길이 있다. 한때 공양간 쌀뜨물이 오 리를 갈 정도로 단속사는 번성했다고 한다. 절은 사라졌지만 멀리서 운리를 바라보며 번성했던 단속사 주변을 짐작해본다.
이곳에서 길을 재촉하지 마시고 지나온 길을 돌아보는 여유를 가지시길.

장승고개에서 본 운리
47×61cm,
염색한지에 수묵,
2016

짙은 초록 숲 사이로
한 줄기 빛,
백운계곡 참나무 숲

전해지는 참나무 숲과 마을의 이야기가 있다. 어느 마을 뒷산에 졸참나무 숲이 있었다. 흉년이 드는 해는 어김없이 도토리가 많이 달렸다고 한다. 배고픈 사람들이 도토리묵으로 허기를 채우라고. 숲은 그렇게 사람을 헤아린다. 땔감으로, 숯으로…. 사람에게 요긴한 참나무 숲길을 걷다, 인간은 뭐지? 묻지 않을 수 없었다. 사람의 길은? 물음은 지혜를 낳는다고 했던가!

길이 두 갈래로 이어진다. 애초에 한 생명의 뿌리였을 것이고, 가는 길이 다를 뿐인데…. 상대적 박탈감과 절망감으로 얼마나 많은 날이 두렵고 외로웠는지…. 울창한 짙은 초록이 꽉 찬 숲 사이 한 줄기 빛이 영롱하다. 초록이 지쳐 단풍이 든다고 시인은 노래했다. 그래, 맘껏 지금을 받아들이고 충실하자.

백운계곡 참나무 숲길
61×47.5cm,
염색한지에 수묵,
2016

의심하거나 돌아보지 않고
앞만 보고 달려가는 계곡물

백운계곡에 다다르자 일행은 누가 먼저인지 헤아릴 수 없을 정도로 삽시간에 손발을 담근다. 비가 오면 수량이 많아 돌아가야 했는데 지금은 안전하게 목교가 설치되어 있다. 바닥이 한 몸으로 이어진 바위가 여러 개의 폭포를 만든다. 남명 선생을 기린 각자가 있는 용문폭포까지 가기로 한다.

10여 분 내려가니 '남명선생장구지소南冥先生杖屨之所'를 알리는 표지판이 있고 계곡에 들어서니 글이 새겨진 바위가 있다. 선생 사후 320년 뒤 '백운동칠현'으로 일컬어지는 선생의 후학들이 모임을 갖고 새긴 글이다.

'물이란 만 길이나 가파른 골짜기를 만나면 아래로만 곧장 내려가려 하고 의심하거나 돌아보지 않고 앞만 보고 달려가는데 여기가 그곳이로다.'
(남명 불일폭포 기행)

백운에서도 선생은 출처의 분명함을 다짐하지 않았을까 짐작해본다.

백운계곡에서
60×47cm,
한지에 수묵채색,
2016

남명 선생 말년 은거지,
덕산 산천재

영원을 기약할 수 없지만, 큰 인물은 후자들에게
성인으로 스승으로 영원히 기억된다.
시대를 초월한 스승을 기리고 그 뜻을 따르는 것은
한 나라의 자랑이다. 산천재는 남명 선생이 말년을
보낸 곳이다. 가르침과 행함이 일치를 이룬 스승.

'봄 산 어느 곳엔들 향기로운 풀 없겠는가마는
천왕봉이 상제 사는 곳에 가까이 있기 때문
빈손으로 들어왔으니 무엇을 먹고 사나
은하수 같은 저 십리의 물 마시고도 남겠네'
(德山卜居, 남명이 만년에 지리산에 은거한 이유, 최석기 역)

산천재 주련이다. 인간중심의 자본과 물질주의가
극대화된 위기의 시대, 새로운 인간상 정립이
필요하다. 말년을 지리산에서 보낸 남명 선생을
등불로 삼아 지리산을 새롭게 조명할 때이다.

덕산 산천재에서
60×46.5cm,
한지에 수묵채색,
2016

08

산이 강이며, 마을이 숲이다
'지리산둘레길'을 걷는 것은 경계를 허무는 일

구례 송정~하동 가탄 구간

지리산둘레길 송정~가탄은 경계를 무너뜨리는 길이다. 산이 강이며, 마을이 숲이다. 이 길 위에 서면 굽이굽이 산이 섬진강으로 쏟아진다. 새벽 강은 물안개를 피워 올리며 산에게 안부를 전한다. 전라도와 경상도의 경계는 아무 의미가 없다. 길은 구례 피아골, 하동 쌍계를 넘나든다. 구례 외곡의 피아골과 하동 화개천이 섬진강에서 만나 속살을 부대낀다. 황장산, 불무장등, 지리의 남부능선들이 골을 만들어놓았다.

그 골짜기마다 사람이 살고 있다. 날마다 퇴락해가는 산촌이지만 아직도 그 맥을 이어간다. 이 길에는 지리산에서 해방을 꿈꾼 남부군, 왜구의 침탈을 굳건히 지킨 의병들의 최후가 서려 있다. 한없이 이어질 것 같은 숲길과 숨어 있던 마을이 홀연 드러나길 반복하는 이 길에서 가족, 마을, 사회, 나라의 참모습을 그려본다.

산 그림자로 흐르는 강, 섬진강

지리산둘레길에서는 섬진강의 다양한 모습을 즐길 수 있다. 들과 마을을 안고 흐르는 섬진강. 그저 산 그림자로 흐르는 강. 송정~기촌~가탄으로 이어지는 둘레길에서 목아재를 만나기 직전, 숲 가꾸기를 한 능선이 있다. 그곳에서 여느 강과는 다른 섬진강만의 특색이 그대로 눈에 들어온다. 강을 사이에 두고 백운산과 지리산 줄기가 서로를 뽐내며 섬진강 물 속으로 뛰어든다. 눈앞에는 화개와 구례, 광양으로 이어지는 남도대교와 마을들의 모습, 저 멀리 남해 앞바다로 이어지는 능선들이 아련하다.

섬진강은 협곡의 산지하천이다. 강을 사이에 둔 마을이 토목공사를 하거나 개발행위를 할 때 직접적인 영향을 받는다. 이미 많은 영향을 받았다. 그나마 주변에 공장이 없어 어렵사리 깨끗함을 유지해왔기에 더 아련하고 애틋한 강이기도 하다.

섬진강
47×60cm,
한지에 수묵채색,
2016

이야기 꽃 피우는
송정마을 반송길

19번 국도에서 1km 정도 마을로 향하는 큰길을
따라가다 만나는 주차장이 송정마을 둘레길
시작점이다. 송정은 안한수내, 한수내로 불리며
깊숙이 자리 잡은 마을과 도로 주변에 드문드문
흩어져 있는 집들을 모두 아우르는 이름이다.
이국적인 펜션을 뒤로하고 숲에 드니, 반송이 벤치와
함께 '가족 소풍'을 나선 우리를 반긴다. 그림 그리는
일을 평생 수행으로 택한 이 화백과 그의 아내, 그리고
사회운동으로 뼛골을 삭이다 인생 2기를 준비하는 벗,
실속 없이 이런저런 일로 바쁜 나와 아내.
늘 가족에게 미안함을 가지고 산다.
다 함께 손잡고 걷는 모습은 참 아름답다. 벤치에서
쉬는 동안 이야기꽃이 핀다. 반송이 자리를 잘 잡았다.
오래 살아주길 바라는 마음으로
이 길을 '송정 반송길'이라 부르기로 했다.

송정 반송길
60×47cm,
한지에 수묵채색,
2016

10년을 기다려 비로소 꽃을 피우는 노각나무

숲길이 이어진다. 길섶에 동백꽃 같은 흰 꽃이 흐드러지게 피었고, 그 아래 무수히 떨어진 꽃이 눈길을 끈다. 산목련만큼이나 빛깔이 곱다. 올해는 산을 걷다 보면 유달리 노각나무꽃이 눈에 많이 띈다. 덕분에 둘레길에서 꽃을 보는 즐거움이 한여름까지 이어지고 있다. 한두 나무인 줄 알았는데 길게 무리를 이루거나 홀로 피어 꽃망울 앞 다투며 터뜨린다. 노각나무는 사슴뿔처럼 수피가 매끄럽고 얼룩무늬가 있다. 10년 이상 자라야 꽃을 피운다고 한다.

스스로 묻는다. 10년이란 시간을 공들여 살아봤는가? 한 송이 국화꽃을 피우기 위해 소쩍새, 봄부터 울고… 7년을 기다려 꽃을 피우는 얼레지…. 여기, 10년을 기다려 비로소 꽃을 피우는 노각나무…. 그저 말없이 길옆을 지키고 있다.

노각나무꽃
60×47cm,
한지에 수묵채색,
2016

피아골 초입 기촌마을,
솔숲이 제비를 닮아 '연곡'

사람들에게 피아골로 알려진 연곡사 계곡.
단풍으로 이름이 높다. 해마다 가을이면
단풍제가 열린다. 피아골로 드는 초입이 기촌마을.
'행주 기씨가 처음 정착해 기씨촌이라 칭했는데
기씨가 중기마을 조동으로 옮겨가고
다른 성씨들이 입주해 기촌奇村으로 불렀다.'
지자체마다 유행처럼 마을 이야기를 하고, 이 시대의
지상과업으로 마을사업을 벌이고 있지만 대부분
시설에만 치중하고 역사나 문화를 정리하는 곳은
드물다. 마을회관에는 느티나무가 보호수로 자리
잡고 있고, 마을 앞 계곡에는 솔숲이 잘 가꿔져 있다.
솔숲의 모습이 제비를 닮았다 해서 골 안 전체를
연곡鷰谷이라 부르기도 한다. 계곡 가까운 벼랑과
인근 사면을 절개한 곳에 펜션들이 즐비하게 들어서
있다. 위태로워 보인다.

구례 외곡리 기촌마을
47×60cm,
한지에 수묵채색,
2016

09

이 길 위에 펼쳐진 내 가는 길
날마다 자신을 돌아보는 수행자의 길

산청 수철~성심원 구간

사람이 살아가는 다양한 모습을 직시하자. 많은 이들이 얼마나 많은 길을 스스로 갈고 닦는지 모른다. 나와 다른 모습을 외면하고 살아간다. 더 정확하게는 나와 비슷한 부류의 사람들만을 만나려 한다.

포장할 여지와 여유가 없는 길, 지리산둘레길 수철~성심원 구간에서는 시골 촌부에서부터 수행자까지, 다양한 삶을 만난다. 마을, 공장, 군청 소재지, 고속도로, 펜션 단지, 고압선과 철탑, 경호강.
다채로운 주변 풍경이 인류 문명사의 빛과 그늘을 보여준다.

나이와 사제지간을 넘어서는 밀도 높은 우정의 길, 더 빨리 더 많이 첨단 자본으로 향하는 길, 평생의 우직함을 보여주는 들판과 농부의 길, 날마다 자신을 돌아보는 수행자의 길…. 내 가는 길 또한 이 길 위에 펼쳐져 있다.

대장마을, 그저 조용히 그 자리를 지키고 있다

산청읍까지 너른 들이 이어진다. 들길을 걷는 일, 그리 만만하지 않다. 한낮에는 땡볕을 이겨야 한다. 비바람도 그대로 맞아야 한다. 가을이면 오곡이 살찌고, 겨울이면 삭풍에 놓인 어머니 대지를 만난다. 봄에는 길섶마다 헤아릴 수 없을 정도로 많은 식물이 싹을 틔운다.
도로가 넓어지고, 공장이 들어서고, 아이들이 떠난 학교는 명상 수련원이 되었다. 대장마을 주변은 많이도 변했다. 마을에 들이서니 진입로가 조금 넓어졌다. 마을은 그저 조용히 그 자리를 지키고 있다. 큰 세상 아귀다툼 그늘에도 지리산 마을은 산 그림자처럼 여전히 맥을 이어간다. 마을 어귀나 뒤편, 이웃마을과 농한기 놀이마당을 펼쳤을 마을 숲 큰 자리가 마을 사람들의 내력을 품고 있다.

대장마을과 마을 숲
47×60cm,
한지에 수묵채색,
2016

참여 지식인들의
교류의 장 '춘래대'

지막마을에서 개울 따라 조금 내려가면 큰 바위에 '덕계 오건 선생이 다녀간 곳'이란 뜻의 각자가 새겨져 있다. 지막마을에서 밤머리재를 넘으면 덕산이 나온다. 덕계와 남명은 밤머리재를 오가며 우정을 쌓았다. 지막마을, 춘래대는 시원한 개울 곁이다. 더울 때 탁족을 하거나 가을, 단풍을 물에 띄우고 막걸리 잔을 돌렸을 것이다. 치세를 못하는 조정을 비판하며 도탄에 빠질 나라를 걱정하고 백성을 도울 지혜를 나누고, 인간의 도리를 다하는 삶을 살고자 다짐도 했을 테지…. 참여 지식인들의 교류의 장이었던 춘래대. 그 주변을 둘러보니 경관이 어수선하고 덕계 선생을 기리기 위해 지었다는 춘래정의 기둥은 썩고, 한쪽 지붕이 무너지고 있다. 지역 문화유산을 대하는 우리의 의식수준을 보는 것 같아 씁쓸하다.

지막마을 춘래정, 춘래대
60×46cm,
한지에 수묵채색,
2016

지우고 싶은 삶의 흔적을 걷어낸 산청읍

옥산마을에서 바라보는 산청읍.
그림에는 구질구질한 고압전선과 고속도로 등 인위적인 문명의 수단 일부를 뺐다. 이 화백 진경산수화의 맛은 첨삭. 지우고 싶은 삶의 흔적을 지우지 못해 아프고 고통스런 순간이 얼마나 많은가! 그림에는 저 멀리 보이는 황매산 자락, 소재지마다 있는 아파트, 경호강을 건너는 다리와 물줄기가 자연스럽다. 산청의 옛 이름이 산음山陰. 산과 산청은 뗄 수 없는 불가분의 관계임을 말해준다. 그만큼 청정하고 맑은 기운이 도는 곳이다.
이 지역 행정가들은 산을 개발하겠다는 의지를 꺾지 않고 있다. 산을 밀어 공유지를 만들고 관광편의시설을 유치하자는 주장을 반복한다.
지리산케이블카, 지리산댐, 휴양시설 개발 등 더 가지겠다는 욕망의 고리에서 자유롭지 못하다. 자연은 인간의 생명줄임을 분명히 하자.

옥산마을에서 본 산청읍
47×60cm,
한지에 수묵채색,
2016

지곡마을 이력을 묻는다

지리산둘레길 수철~성심원 구간은 산청읍 경호교에서 두 갈래로 나뉜다. 오늘은 경호강 따라 성심원 가는 길을 포기하고 지성, 지곡마을, 선녀탕으로 발걸음을 옮겼다. 지곡마을을 지나려다 멈춘다. 정자에 옹기종기 모여 한낮 볕을 피하고 계신 어르신들에게 마을 이력을 묻는다. 늘 그렇지만 사실에 대한 확인과 기억에 대한 복귀이다.

웅석봉은 빨치산의 근거지였고 달뜨기 능선으로 알려진 곳이다. 지곡마을 사람들 가운데 산으로 간 사람도 있다. 굶주린 산사람들이 마을에 와 소를 몰고 가는 등 식량조달을 했고, 마을에 들이닥친 군인들이 빨치산 부역을 문제 삼아 몇 사람을 끌고 갔다.

좌우 쌍방이 피해를 입었다. 마을 사람들의 아픈 기억이 이 땅에 평화를 실현하자는 구체적인 사회의식으로 나아갈 수 있어야 한다.
굴절과 왜곡을 넘어….

웅석봉과 지곡마을
47×60cm,
한지에 수묵채색,
2016

성심원, 한센인의 애절함을 간직한 나룻배

지리산둘레길 전체가 이어진 2012년부터 해마다
전 구간을 이어 걷는 이음단이 운영되고 있다.
지난 8월, 10대 청소년 21명이 참가한
'청소년 이음단'의 시종점이 성심원이었다.
성심원은 굴절된 우리시대 편견이 낳은 현장이자,
치유와 형제애, 나아가 더불어 사는 공동체의
희망이다. 성심원 오바오로 신부님은 아이들이
무사히 걷기를 마칠 수 있도록 축원을 해주었고,
마지막 날 "혼자라면 못 걸었을 길인데, 함께라서
무사히 걸을 수 있었다. 앞으로의 삶도 이웃과
함께해주길 바란다."는 당부 또한 잊지 않으셨다.
몸으로 옮겨야지. 성심원 한센인의 애절함을 간직한
나룻배가 지금은 녹슬었지만, 버려지고 핍박받아
온 그 세월 그 이야기를 켜켜이 쌓아두었겠지.
'그땐 참 어리석고 모질었지….
편견이 사람들을 죽일 수 있다는 걸 난 알고 있어.'

성심원과 청소년 이음단
60×47cm,
한지에 수묵채색,
2016

10

낮은 자세로 사람들이 추수를 한다
우리 스스로 절개와 품격을 지닌 사람이다

구례 오미~방광 구간

하늘, 사람, 땅이 온전히 만나 소통하는 계절이다. 높고 파란 하늘 아래 황금빛 들판이 출렁이고, 낮은 자세의 사람들이 추수를 한다. 벼, 콩, 고추, 들깨, 그리고 어느새 땅에 뿌리를 박고 당당히 모습을 갖춰가는 무, 배추들…. 지리산둘레길 오미~방광에는 하늘 아래 사람들이 의롭게 산 이야기를 간직하고 있다. 옛날 중국에서는 바다 건너 동쪽 땅에 신선이 산다고 믿었다. 그 가운데 하나인 지리산. 삼신산 가운데 으뜸인 방장산으로 불렸다. 넉넉함과 풍요로움만으로 으뜸가기보다 사는 사람들의 모습이 절개와 품격을 지녔기에 신선의 반열에 놓였을 것이다.

오늘, 이 길에서 우리 스스로 절개와 품격을 지닌 사람이다. 지리산에 걸맞은….

'타인도 열게 하여 주위에 굶주린 사람이 없게 하라'

곳간에서 인심 난다고 했던가! 조선의 양반, '운조루' 주인 류이주柳爾胄. 운조루의 으뜸은 '타인도 열게 하여 주위에 굶주린 사람이 없게 하라'는 글이 적힌 뒤주. 고관대작들이 저마다 부를 자랑하기 위해 으리으리한 집을 짓고 백성을 종 부리듯이 하는 버릇은 예나 지금이나 마찬가지. 이러한 조선의 봉건제도 아래 진정한 양반으로서 뭇 백성을 살피고 백성 스스로가 이웃에 대한 배려심을 갖게 이끈 운조루의 '타인능해' 정신. 뒤주를 볼 때마다 가슴이 뭉클하다. 후손의 말을 빌리면 운조루는 해마다 30가마 정도의 쌀을 이웃과 나눴다고 한다. 궁핍한 춘궁기, 모두가 어렵고 힘들었을 텐데. 그래서 제 잇속을 우선하는 사람들이라면 퍼내고 퍼 갔을 것이고 채워도 채워도 모자랐을지도 모를 일. 타인능해 뒤주에는 눈치 보지 않고 퍼 갈 수 있게 배려한 주인과 제 욕심을 줄이고 이웃과 더불어 나누는 절제의 미학을 실천한 사람들의 이야기가 담겨 있다.

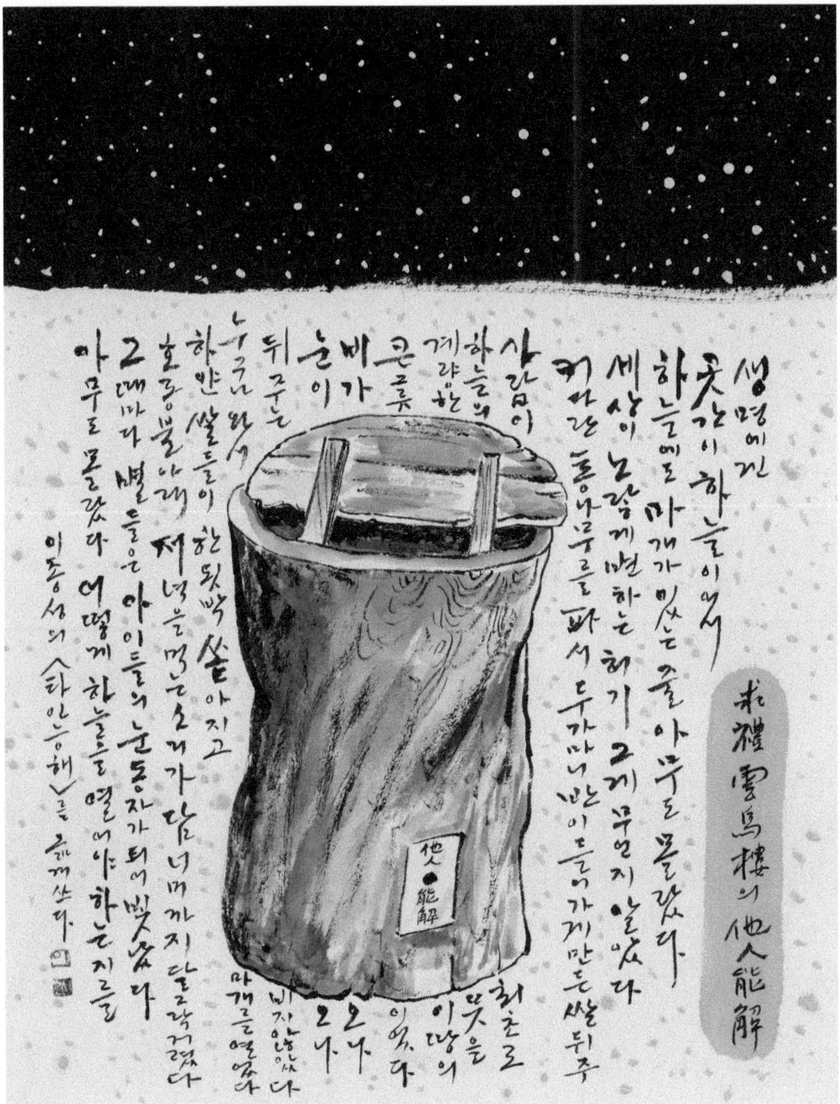

운조루의 타인능해(他人能解)
60×47cm,
한지에 수묵채색,
2016

삶의 숭고함을 말하는
하사마을 풍경

구례군 마산면 사도리의 하사,
상사마을은 원래 한 마을이었다. 지금
논이 있는 자리까지 모래톱이 발달했고
제방이 생기며 평야지대가 생겼다.
사도리에 얽힌 이야기, '도선국사가
이인里人(동네사람)을 만나 천하의 운명을
묻자 모래 위에 삼국도를 그려주었다.
그 뒤 사도리沙圖里로 불렸다는 것.
하사마을에는 주변과 잘 어울리는
저수지가 있다. 모내기하는 농부, 마을의
사계절과 그곳에서 삶을 이어가는
사람들의 모습을 시시때때로 보여준다.
벅차고 힘겨운 생의 모습이 호수에
비치면 고요와 평온만이 남아 담긴다.
해가 질 무렵 이곳에 서면 석양에 물든
하늘 아래 샛별이 뜨고 어둠이 살짝 내린
들녘엔 사람의 그림자가 뜬다.
삶의 숭고함을 풍경이 말해준다.
침묵의 시간이다.

사도리 하사마을
47×60cm,
한지에 수묵채색,
2016

지리산 약초 썩은 물이 모인 당몰샘

상사마을 초입에 있는 당몰샘. 쌍산재 입구 주차장 한 곁에 누각이 있다. 물빛이 깊다. 상사마을에서 만든 당몰샘 안내문에는 "지리산 약초 썩은 물이 모인 당몰샘, 장수촌 비결이다", "조선 말 의성김씨 선조가 당몰샘 물을 달아 봤는데 다른 곳보다 무게가 많이 나가고 수량이 풍부해 정착했다"고 적혀 있다. 당몰샘은 2004년 한국관광공사 10대 약수터로 선정되었다.

실제로 어떤 물을 마시는지에 따라 사람들의 건강도 다르다고 한다. 지리산 골짜기마다 우물이 있었고, 샘은 마을 사람의 중요한 생활기반이었다.

각종 화학물질 사용으로 말미암아 지표면의 오염이 심해지고, 지하수마저 탁해지는 요즘, 당몰샘을 지켜갈 지혜가 절실하다. 상사마을 선조가 들어온 지 500여 년이 지났고, 샘이 있었기에 정착했다는 사실로 미뤄 당몰샘은 1,000여 년의 역사를 지녔음이 분명하다. 인근 하사마을 샘도 복원되었다.

생명수, 물의 중요성을 일깨우는 계기가 되기를 빌어본다.

당몰샘
60×47cm,
한지에 수묵채색,
2016

"약자가 강자에게 먹히는 것을 원망한다"

매천 황현(1855~1910).

"국가에서 선비를 키운 지 500년이 되었는데, 나라가 망하는 날에도 책임을 지고 죽는 사람이 하나도 없다면 어찌 가슴이 아프지 아니하겠는가. 내가 위로는 하늘로부터 타고난 천성을 저버린 적이 없고 아래로는 평생 읽었던 책을 저버리지 아니하려고 길이 잠들려 하니 죽어서도 통쾌함을 누릴 것이다. 너희들은 내가 죽는 것을 너무 슬퍼하지 마라."

(김택영 「황현전」, 지리산권문화연구단 연구총서1, 『지리산과 인문학』, 10쪽)

그가 자식들에게 남긴 유언이다. 지리산둘레길 방광마을에서 멀지 않은 구례 광의면 월곡마을에 있는 매천사는 그가 자결한 곳이다. "약자가 강자에게 먹히는 것을 원망한다." 망하는 국가는 결국 내적 모순을 극복하지 못한 결과라는 매천의 꿰뚫어봄이 놀랍다.

매천사
60×47cm,
한지에 수묵채색,
2016

지리산 사랑이 넘치는 지리산 사람

자기 고장에 대한 자긍심을 평생 잃지 않는 사람이 마을마다 한 사람만 있으면 온 나라 구석구석이 평화로울 것이다. 둘레길이 열렸을 때 수한마을 김형선 이장님이 그랬다. 건넛마을 용방사람이었지만 아내가 할머니에게 집을 물려받는 바람에 이 마을 사람이 되었다. 길이 열리자 이장님은 마을을 지나는 둘레꾼들이 한 줄 건의와 마을에 대한 소감을 적을 수 있도록 게시판을 만들었다. 행인들의 요구를 귀담아듣고, 마을 사람들이 외부의 의견을 들을 수 있게 한 것이다. 마을에 대한 칭찬을 읽은 주민들은 자부심을 가지게 되었으며, 마을은 더욱 정갈해졌다. 예전에 직업 군인이었던 만큼 제 고장을 알리는 파수꾼 역할을 톡톡히 하고 있다. 지리산에 사는 게 어떠냐는 물음에 "대한민국 사람치고 지리산을 좋아하지 않는 사람이 있냐."고 반문한다. 지리산 사랑이 넘치는 지리산 사람이다.

수한마을 이장
60×47cm,
한지에 수묵채색,
2016

하동 양이재에서 그리고 쓴다
마음에 새기며 길을 걷습니다 - 도법스님
삶을 자유롭게 한다고 하신 말씀을
주체적으로 진리가

11

울긋불긋 옷을 갈아입은 숲길
무심한 자연의 흐름을 따르는 행복을 맛보자

하동 위태~하동호 구간

늦가을, 하동 위태~하동호 구간 지리산둘레길은 변신을 한다. 고개를 넘고, 물을 따라 걷다 멈춰, 지나온 길을 본다. 숲길, 마을길, 고개와 오솔길, 대나무 숲길과 물소리, 그리고 그곳에 깃들어 사는 마을이 있다. 이곳의 숲들이 울긋불긋 옷을 갈아입었다. 그 숲 사이로 마을이 보이니 정겹다. 지리산 마을이 고개를 넘으면 반갑게 손짓한다. 누군가는 이 땅에 처음 터를 잡았고, 누군가는 이곳을 떠났다.

오가는 일에 무심한 듯 숲과 마을이 길로 이어져 있다.

위태마을,
둘레길 하동구간 첫 마을

위태마을은 하동군 옥종에 있다. 지리산둘레길 하동구간 첫 마을이다. '상촌'으로 불리다가 행정리 명칭으로 마을 이름이 바뀌었다. 아쉽다. 마을 특징을 살린 옛 이름이 사라져서…
위태마을은 산청 중태마을과 이웃해 있다. 짓궂은 둘레꾼들이 위태, 중태를 지나면 사망이냐고 묻기도 한다.
위태마을 당산나무는 상수리나무이다. 흔하지 않은 당산나무 아래 남근석이 놓여 있다. 마을 분들 이야기에 따르면 세 그루의 상수리나무 당산목이 있었는데 지금은 이곳만 남았다고 한다.

상촌마을 뒤편으로 지방도로가 지난다. 그 도로를 따라 갈치재가 있고 그 너머 내공, 외공마을이 있는데 그곳이 바로 양민학살 현장이다. 위태마을 역시 한국전쟁의 희생자가 많은 곳이다. 군사작전 도로를 따라 끌려가 불귀의 객이 됐을 무고한 주민들의 원혼을 달래본다.

하동 옥종면 위태마을
46×60cm,
한지에 수묵채색,
2016

궁항마을,
시간이 정지된 느낌

궁항마을은 마을터가 노루궁뎅이처럼 생겼다 해서 붙여진 이름이다. 멀리서 바라보면 참 예쁘다. 마을 뒤편에는 소나무 숲이 울창하고 지리산 주능선이 보이는 주산으로 이어지는 능선들이 곱게 펼쳐져 있다. 마을은 산자락을 끼고 오목하게 들어앉아 있다. 분교장이 있던 곳은 민박집으로 변했다. 아이들 소리가 울창했던 곳이지만 눈 씻고 찾아봐도 어린아이 모습을 찾을 수 없다. 시간이 정지된 느낌이다.

해마다 농사를 짓지 않는 경작지가 늘어간다. 이곳 이장님은 묵은 경작지에 메밀꽃이나 야생화를 심어 사람들이 찾아오는 마을로 가꿔보고 싶단다. 편의시설이 있을 리 없는 이 길을 찾는 이들이 요기라도 할 수 있게 마을 정자에 새참사랑방이 생겼다. 컵라면과 커피 등 간단한 먹거리를 갖춰놓았다.

새참사랑방, 궁항마을
46×60cm,
한지에 수묵채색,
2016

낙동강과 섬진강이 나눠는
양이터재

양이터마을의 유래는 너무 간단하다. 양씨와 이씨가
처음 마을에 들어와 터를 잡아서 붙여졌단다.
두 성씨의 비조는 이곳이 낙동강과 섬진강의
수계였음을 알았을 것이다. 마을을 지나 만나는 고개
이름이 양이터재이다. 이곳을 기점으로 낙동강과
섬진강이 나눠진다. 걸어온 길에서 만난 개울은
낙동강이 되고 앞으로 만나는 개울은 섬진강으로
흐른다. 우리는 같은 자리에 있다가 저마다 또 다른
길을 찾아 떠난다. 언젠가 인연이 닿으면 다시 만난다.

강이 바다로 가 만나듯…. 생의 의미를 찾아
날마다 새롭게 흐를 수 있어야 한다.

양이터재는 지리산에서 뻗어 부산 쪽으로 맥을 잇는
낙남정맥이 지나는 곳이어서 산꾼들이 등산로에
리본을 많이 걸어두었다. 저마다 삶의 흔적을
이렇게라도 남기는가 보다.

양이터재에서
46×60cm,
한지에 수묵채색,
2016

대숲 따라 개울 물소리 듣는
몽환적 오솔길

나본마을은 하동 청암면에 있는 산촌마을이다. 이 마을 주변은 온통 대나무 밭이다. 사람들이 경제활동을 위해 일부러 심고 가꾼 대밭. 숲을 이루고 있다. 대숲길은 몽환적이다. 대나무를 타고 이리저리 날아다니는 무림의 고수를 만나는 환상에 젖어든다. 사군자 가운데 하나로, 사철 푸르고 곧은 모습은 청빈한 선비의 기상과 절개를 상징한다. 대나무는 한때 죽공예품이나 생활용품 재료로 전성기를 누렸다. 대숲 오솔길을 따라 개울 물소리가 일품이다.

양이터재에서 하동호 방향으로 임도 따라 내려오다, 숲길로 접어드는 갈림길 표지판을 만난다. 숲길로 접어들면 물소리와 대나무 숲길을 걷고, 지나치면 임도로 하동호까지 걷는다. 확 트인 시야에 하동호가 한눈에 들어온다. 첩첩산중 호수에 물안개라도 끼는 날이면 오솔길 걷는 재미 대신 비경을 맛볼 수 있다.

나본마을 대숲길
60×46cm,
한지에 수묵채색,
2016

낮달과 차꽃이 조화롭다

존재하는 것들이 늘 제 모습을 다 보여줄까. 시시때때로 다양하게 변하는데 늘 한 모습을 고집하니 선입견이 생긴다. 오늘 만난 낮달과 차꽃이 조화롭다. 차가운 바람에 향기를 터뜨리는 차꽃과 그와 어우러진 낮달이 생소한 것 같으나 존재의 진면목을 유감없이 발휘한다.
늦가을 하동의 둘레길 곳곳에 차밭이 있고 그 밭에 노란 속살을 향기롭게 터뜨리며 하얀 송이 송이가 차나무 가지마다 걸렸다. 봄에는 많은 종류의 꽃차를 얻을 수 있지만, 늦가을 꽃차는 녹차 꽃이 일품이다. 활짝 피기 전 봉오리를 따서 냉동했다가 귀한 벗님이 오면 차 한 잔 나누고 입가심으로 차 꽃을 띄운다. 향, 색, 미가 어우러진다. 차나무는 찻잎, 꽃, 열매 모두 사람에게 두루 유익하다. 차꽃 향기로 일상의 번뇌를 달래본다.

낮달과 차꽃
60×46cm,
한지에 수묵채색,
2016

12

장엄한 민중의 서사시 한 편 읽을 수 있는 곳
지금도 백성들은 일상의 무사를 빌고 빈다

남원 운봉~주천 구간

나라가 어지러울 때일수록 민초는 단단해진다. 가슴에 품은 꿈을 석물로 만들거나 이야기로, 노래로 담아 전한다. 경계를 넘어 무경계의 경지, 그들은 이미 알고 있었다. 나누고 싸우는 일은 권력을 독점하기 위한 전쟁 놀음이라는 것을….

지리산둘레길 운봉고원은 장엄한 민중의 서사시 한 편을 읽을 수 있는 곳이다. 접경지에서 척박한 삶을 살아온 내력이 미륵상으로 승화되고, 왜구에 맞선 의병장의 분투, 압제에 맞선 혁명전사의 최후, 고원을 무대로 펼쳐진 기억들이 우리를 맞이한다. 깊숙한 지리산 산골에서 세상 소식을 접하는 장場으로 가는 길…. 그 길에서 서로의 안녕을 기원하는 사람들의 발길을 통해 무사를 비는 일을 게을리해서는 안 된다는 깨우침을 얻는다, 평화는 늘 위협받고 있으므로….

석장승에 새겨진
미륵의 모습

운봉 서림공원 초입에 석장승이 우뚝 서 있다.
석장승은 민간 신앙의 발로이다.
마을 경계에 세워 악귀나 원귀의 출입을 막는 마을의 수호신으로 삼았다. 운봉, 인월, 산내 일대에 널리 분포되어 있다. 운봉은 고원 평야지역, 너른 평원이다 보니 부족, 고대국가 시절 이곳 일대가 영토분쟁의 현장이었다. 분쟁지역에 사는 백성들의 바람은 늘 하나뿐이다. 평화로운 세상을 맞이해 식솔들과 더불어 살다가 이웃이 지켜보는 가운데 평화롭게 죽음을 맞이하는 것.

어지러운 세상을 겪는 사람들은 좋은 세상을 손꼽아 기다린다. 운봉에 석장승이 미륵을 닮은 모습을 하고 있는 이유 또한 마찬가지였을 것이다.

서림공원 석장승
46×60cm,
한지에 수묵채색,
2016

행정마을,
서어나무 숲에 기대어 살다

나무가 숲을 이루고, 숲은 세상이다.
인간은 늘 원형이나 본향에 대한 회귀를 꿈꾼다.
산천을 옮겨 다니며 숲에 기대 살던 신석기 촌락시대,
방위와 공간, 천지의 조응에 맞춰 더불어 살아가는
마을은 어머니의 자궁과 같은 곳에 자리를 잡는다.
시대의 흐름은 도시화를 만들었고, 기술의 발전은
마을의 모습도 변화시켰다. 그 중간쯤일까.
행정마을 서어나무를 보며 생각에 잠겨본다. 비보림!
풍수나 지형적으로 마을의 부족함을 채우기 위해
마을 숲을 만들었다. 편의와 편익만 좇는 시대지만
마을 사람들은 이 숲을 지키기 위해 노력하고 있다.
어디서나 돈과 물질만 좇아 달리기만 할 것 같은데….
한적한 시골 마을에 있는 마을 숲과 그 숲을 지키고
보존하려는 마을 의식이 우리의 원형을 찾게 한다.
숲에 기대어 살았지.

행정마을 서어나무 숲
60×46cm,
한지에 수묵채색,
2016

온갖 수탈과 공출에도 살아남은 노치마을 소나무 당산

노치마을을 지나는 둘레길 이용객 가운데 몇 분이나 소나무 당산을 보러 갈까. 길을 나서면 바쁘다. 주위를 둘러보지 못한다. 늘 그렇게 길들여졌다. 살피고 돌보는 일보다 앞서고 달리는 일, 제 살기 급급한 모습이 자연을 걷는 길에서도 그대로니 안타깝다. 노치마을은 백두대간 마룻금이 지난다. 백두대간 맥을 끊어버리려고 마을 앞 대간줄기에 '목조임돌'(노치마을 회관 정자 옆 세 쌍 전시물)을 묻는 일제의 만행이 이뤄졌지만 마을 뒤편 소나무 다섯 그루는 가지 하나 다치지 않았다고 전한다. 온갖 수탈과 공출이 이뤄지는 시대에도 마을 사람들은 당산나무를 공출의 대상으로 삼지 않았을 뿐 아니라 신성시했기에 식민 지배자도 손대지 않았다고 한다. 그 맥이 전해져 오늘날까지 당산제를 지내고 있다. 당산제 석물이 주변 경관과 우리 정서에 맞지 않아 아쉽다.

노치마을 소나무 당산
46×60cm,
한지에 수묵채색,
2016

한 몸에 난 가지가 서로 얽힌, 처절한 성장 드라마

구룡치를 지나 솔숲 길을 따라 걷다 만나는 소나무 한 그루. 남원시에서 포토존으로 의자를 만들어두었고 '연리지'라고 입간판을 세워 스토리텔링을 해두었다. 이 길은 지리산 깊숙한 고리봉 주변 마을 사람들이 남원으로 장 보러 가는 옛길이다. 사실 이 나무를 유심히 살펴보면 연리지라고 할 수 없다. 제 가지가 뿌리에서 나와 먼저 자란 나무 가지를 타고 오른 모습이다. 성장하려는 몸부림이 느껴진다. 옆으로 뻗거나 위로 자랄 틈이 없는, 사이를 뚫고 자란 절묘함이 느껴진다. 서로 다른 나무 가지가 얽혀 한 몸이 된 연리지에 못지않게 이 또한 처절한 한 편의 성장 드라마 같다.

주천 구룡치의 연리지
60×46cm,
한지에 수묵채색,
2016

솔정지에서 바라본
주천마을

솔정지, 아마 이곳에서 짐꾼들이 지게를 내려놓고
한숨을 돌렸으리라. 정면을 바라보니 저 멀리
숙성치가 보인다. 저 고개를 따라 섬진강을 건너온
왜구가 남원으로 진입했다고 한다. 의병장 조경남이
이곳에서 활을 쏘아 왜구들을 두려움에 떨게 했다고
전한다. 너른 들에 자리 잡은 주천면 소재지와
남원 시가지 모습이 눈에 들어온다. 정겹다. 원터,
원동으로 불렸던 주천면 소재지는 옛날 길목이었다.
원님이 살던 곳이자 길손의 왕래가 빈번했던
곳이었다. 지리산국립공원 초입이자 지리산둘레길
주천~운봉, 주천~산동 구간의 시종점이다.
고갯마루에서 내려다보는 마을 풍경은 한가롭고
정겹다. 마을, 그 속에 들어가면 참 많은 사연이 있다.
먼발치에서 마을을 내려다보며 켜켜이 쌓인 일상의
괴로운 사연 하나 슬그머니 내려놓아 본다.

솔정지에서 본 주천마을
46×60cm,
한지에 수묵채색,
2016

세월의 녹이 낀 서어나무는 속이 비었다

개미정지 서어나무 쉼터. 지리산둘레길이 열리자 묵었던 이곳에는 헤아릴 수 없는 사람들이 쉬었다 갔다. 길이 새로 열리고 사람들의 발길로 뿌리가 드러나 복토를 하고 서어나무의 안녕을 빌었다.
세월의 녹이 낀 서어나무는 속이 비었다.
비었으나 생명의 줄기를 이어간다. 신비롭다.
색즉공, 공즉색. 물질의 순환 고리를 말해준다.
사라짐이 덧없음이 아님을 일깨워준다.
개미정지로 일컫는 이곳은 왜구의 침입을 대비하다 여기서 잠이 든 의병장 조경남의 발을 개미들이 물어뜯어 위급함을 알렸다 하여 그렇게 이름이 붙여졌다고 한다.
개미정지는 내송마을(안솔기)이다. 개미정지에서 안솔기마을로 이르는 농로 주변 경작지를 둘러보면 부지런한 농부의 손놀림을 느낄 수 있다. 이랑마다 다양한 먹거리를 재배하는 손길이 계절의 변화를 알게 해준다.

개미정지의 서어나무
46×60cm,
한지에 수묵채색,
2016

13

판소리 가락과 장돌뱅이들이 가져온 세상 소식
해맑은 발걸음 한 걸음 옮기면 희망이 줄지어 오겠지…

남원 운봉~인월 구간

여럿이 함께 나누는 길이다. 강둑을 걷는 길에는 벚나무 활짝 피는 날 오감이 즐겁고, 숲에 드니 너른 임도가 구불구불 펼쳐진다. 삼삼오오 짝을 이뤄 걷다 보면 저수지도 만나고 길섶 오리나무 손짓하며 반긴다. 마을길에는 판소리 가락과 장돌뱅이들이 가져온 세상 소식이 어울려 덩실덩실 춤을 춘다.

사는 맛은 더불어 가는 길에 있다. 방향이 같다면 더욱 좋겠지만 다르더라도 그 길 위에 함께 서 있다.

길을 걸으며 궁핍하더라도 절망하지 않고 판소리 가락에 삶을 담아 해학과 위트, 기지와 지혜로 표현한 옛 지리산 사람들을 기억하자! 해맑은 발걸음 한 걸음 옮기면 희망이 줄지어 오겠지….

황산대첩 깨진 비가 말하는 굴절된 역사

황산대첩비는 고려 말 이성계가 이곳 황산에서
왜구를 물리친 것을 기념하기 위해 선조 10년(1577)
전라도 관찰사였던 박계현의 건의로 세워졌다.

둘러보면 새롭게 만든 비각과 파비각이 우리의
굴절된 역사를 말해준다. 일제 강점기 조선총독부는
비석의 글자를 지우고 깨뜨렸다. 황산대첩비각터
옆은 판소리 명창 송흥록과 박초월 선생의 생가가
있는 비전마을이다. 판소리 가락이 황산대첩비
일대에 울린다. 그 가락을 유심히 듣고 있노라면
만감이 교차한다. 심청이 팔려 가는 대목에서는
위안부의 거친 삶이, 춘향이 변사또 수청을 거절하고
옥살이하는 대목에서는 권력을 사유화하는 작금의
정치 현실이 읽힌다. 역사의 교훈을 잊지 말자는
뜻으로 선인의 업적을 기리고 배우는 곳이다.

황산대첩비각터
(대한민국 사적 104호)
60×47cm,
한지에 수묵채색, 2017

황산에서 맞는 겨울 '지리산둘레길'

황산荒山, 그리 높지 않지만
고원분지에 자리 잡아 한눈에
들어온다. 황산에 오르면 운봉고원의
사계절을 맛볼 수 있다. 계절에 따라
고원평야가 물을 담았다가 초록의
향연을 펼친다. 어느새 무더운 여름을
보내고 온갖 풀벌레 소리와 함께
황금 들녘이 춤을 춘다.

황산에서 맞는 겨울 '지리산둘레길'은
한가롭다. 천지가 지척지간이다.
한눈에 들어온다. 람천을 따라 걷는
길, 겨울철새가 들과 강을 오가며
날고 있다. 참새무리와 박새들이
눈 쌓인 풀섶 한 귀퉁이를 날아들며
먹이활동으로 분주하다. 느티나무
아래 정자, 날이 차가워 인적은
끊겼으나 '황산둘레길'의 풍경이
되어 넉넉한 자리를 지키고 있다. 눈
쌓인 길에는 오간 이들의 흔적이 남아
있고, 인근 경작지 논에는
새와 짐승들의 발자국이 선명하다.
살아 있다. 이 겨울에도….

황산둘레길
47×60cm,
한지에 수묵채색,
2017

어김없이 어둠이 물러가면 밝은 날이 온다

저 멀리 보인다. 통영별로 옛길. 한양도성으로 가는 옛길 가운데 하나. 함양과 남원을 잇는 길 역시 통영별로에 속한다. 흥부골 휴양림에서 함양 방향을 보면 시야가 확 트인다. 함양과 남원을 사이에 둔 팔령이 산자락을 받들고 있다. 골마다 마을이 자리 잡고 있으며, 저 멀리 보이는 길, 여전히 물산이 넘나들고 사람들이 오간다. 팔령으로 새해가 떠오른다. 새날이다. 날마다 하루의 의미는 각자 처지에 따라 다르지만 어김없이 어둠이 물러가면 밝은 날이 온다. 어둠과 밝음은 서로 그림자라고 하지만 어둠보다 밝음이 많았으면 좋겠다. 팔령에 떠오르는 해를 맞이하며 무사를 빌어본다. 저녁을 잘 보내고 맞이하는 아침이거나 시련 속 깊은 밤을 지새웠더라도 찬란한 해와 늘 새날이 시작되길….

흥부골에서 본 팔령 해돋이
47×60cm,
한지에 수묵채색,
2017

둘레길 여행자들의 길잡이, 안내센터

지리산둘레길 안내센터는 지리산 5개 시 · 군 지역별로 있다.
이곳은 지리산둘레길을 걷는 여행자들의 길잡이 역할을 한다.
지역민들이 운영하는 숙박정보, 교통편 등 현장정보를
실시간 제공한다. 길이 연결되고 사람들이 오가면서 안내센터마다
사연이 쌓인다. 지역민들의 바람이나 원망, 여행자들의 비난이
빗발친 날이 있는가 하면 칭찬 또한 이곳에 남아 있다.
남원센터는 우리나라 걷기 길 최초의 안내센터이다.
쓰임이 다한 건물을 다시 꾸미고 초창기 지리산둘레길 전반을
계획한 곳이다. 돌아보면 10년이란 시간이 지났다.
그동안 이 센터에만 수백만 명이 다녀갔다.
다들 지리산 이야기 하나씩 가슴에 간직하고 있겠지….
고마워요, 지리산!

지리산둘레길 인월(남원)센터
60×47cm,
한지에 수묵채색,
2017

인월 장날,
노점상 어깨 위로 눈이 내린다

인월장은 3일과 8일에 열린다. 지리산의 대표적인 5일장 가운데 하나이다. 지리산 나들목이 있는 인월은 영호남을 잇는 교통 요충지이자 지리산 백무동, 뱀사골로 이어지는 지리산 여행의 관문이다. 그래서 인월 터미널 주변에서는 늘 배낭을 멘 이들을 볼 수 있다.

산내, 인월, 아영, 함양 마천, 장수 번암 등의 인근 주민들이 인월장에서 지리산 약초와 산나물, 곶감, 생필품을 교환했다. 지금은 규모가 많이 줄어들었지만 장날이면 여전히 붐빈다. 설 대목을 앞둔 곶감장은 유명하다. 장날, 인근 논밭과 산에서 채취된 농산물과 임산물을 팔고 있는 노점상 어깨 위로 눈이 내린다. 시리고 추운 겨울 지리산, 인월장에 옹기종기 모여 생존의 거룩함을 이어가는 사람들이 기댈 곳은 이웃과 지리산이다.

인월 전통시장에서 첫눈
47×60cm,
한지에 수묵채색,
2017

14

두고 온 고향을 만나는 행운
늙어가는 산촌이 다시 환해지기를…

하동읍~서당 구간

짧은 길이지만 많은 것을 보고 느낄 수 있다. 하동센터에서 적량면 서당마을로 가는 7km 지리산둘레길은 산촌과 읍내를 연결한 곳이다. 대중교통으로 지리산둘레길을 이용할 수 있고 편의시설을 만날 수 있도록 배려한 길. 익숙한 승용차를 버리고 한번쯤 이 길을 걸으면 두고 온 고향을 아주 가까이 만나는 행운을 얻는다.

읍소재지는 어디나 도시와 비슷하다. 지리산권 소재지가 쇠락해가지만 여전히 읍내는 인근 마을 물류창고 및 문화창구, 행정소재지로 권위를 가진다. 장날, 읍내는 구석구석 살던 사람들이 몰려와 온갖 흥정이 펼쳐진다.

그 모습을 뒤로하고 둘레길 하동센터에서 서당으로 가는 길에 접어들면 남해로 달리는 섬진강과 강 너머 백운산이 펼쳐진다. 잠시 눈을 돌리면 다른 세상이다. 살면서 우리는 익숙함에 길들여져간다.

종가시나무가 반기는
둘레길 하동센터

둘레길 하동센터는 하동읍에서 명당자리로 꼽힌다. 지금이야 주변에 이런저런 건물들이 들어서 명당의 정취를 맛볼 수 없지만, 그래도 여전히 섬호정이 있는 하동 공원 대밭이 먼 발취에서 싱그럽다. 좌우를 둘러보면 안온하고 편한 자리이다. 일제 강점기 적산가옥이 1990년대 중반까지 있었고 근대문화유적으로 보존하려 했다. 산림청의 함양국유림관리사무소 하동분소로 쓰이던 건물을 '숲길'이 임대해 지리산둘레길을 운영, 관리하는 본부로 쓰고 있다.

중간 탈출루트이자 대중교통을 이용해 이곳에서 둘레길 여정을 시작한다. 우람한 종가시나무 한 그루가 봄철 낙엽을 떨어뜨린다. 잎은 가을에만 떨어지는 게 아니었다. 쓰임을 다한 건물들을 안내센터로 운영하겠다는 처음 계획이 헛되지 않았다. 걷는 사람들이 오가며 활기차다.

지리산둘레길 하동센터
47×60cm,
한지에 수묵채색,
2017

매화향 · 솔향 나부끼는 '산복 매송길'

하동센터를 출발한 길은 산복도로 아스팔트길에서 왼쪽으로 이어진다. 오르면 확 트인 자리에 소나무 무리가 우뚝 서 있다. 너럭바위 또한 멋스럽기 그지없다. 각刻을 할 수 있을 정도로 한쪽 면이 매끄럽다. 동행한 이들과 함께 하동읍 '산복 매송길'로 이름을 지었다. 이 화백의 소나무 사랑은 유별나다.

오늘은 제자와 동행이다. 국립공원 해설사도 함께한다. 잠깐 올랐을 뿐인데 매화향이 지천으로 퍼지고 솔향이 바람에 나부낀다. 도심의 삶을 이어가는 하동읍 사람들이 이 길을 산책 삼아 다닌다. 이곳에 쉬어 갈 정자라도 하나 있으면 음풍농월하며 하루를 보내고 남을 풍광이다.

바위와 소나무는 언제나 잘 어울린다. 하동읍 전경과 섬진강이 들어온다. 너뱅이들로 불리는 들판이 경전선 복선화로 반 토막 났지만 정겹다.

하동읍 산복 매송길
47×60cm,
한지에 수묵채색,
2017

막힘없는 사랑, 섬진강과 남해바다

주변의 경관이 수려하기 때문일까.
매화 밭 사이를 오르다 너른 공터에서 또 멈춘다.
오른쪽으로 광양 백운산이 보이고 광양 매화마을에
상춘객들이 들썩이는 모습이 아련하게 들어온다.
왼쪽으로 섬진강이 남해로 달리고 있다. 만조인가,
한국전쟁 때 경비행장으로 쓰일 만큼 썰물 때는
모래톱이 물줄기만큼이나 넓게 나타난다.
오늘은 강물이 꽉 찼다. 쉼 없이 흐르는 섬진강에
교각이 보인다. 사람살이의 흔적이다. 전라도와
경상도를 잇는 철도와 국도가 새롭게 놓였다.
한국전쟁의 총탄 자국이 있는 철교, 쓰임을 다하면
사라진다. 호젓한 섬진강에 다릿발만 느는 것 같다.
저 강 끝이 노량이다.

하동은 산과 강이 조화로운 고장이다.
우리나라 큰 강 하구는 대부분 막혔으나 섬진강과
남해바다는 오늘도 막힘없이 사랑을 나눈다.

하동읍 둘레길에서 본 섬진강 낮달
60×47cm,
한지에 수묵채색,
2017

늙어가는 마을에
꽃이 화사하다

적량면지에 관동마을은 구재봉에서
내려온 줄기가 멈춘 곳, 인자하고
효심이 넘치며 공경과 예의 겸양을
지녔으며, 학문을 숭상하는 근본
마을로 소개되어 있다.
적량면 관리館里는 죽치, 금강,
관동, 율곡마을이다. 이곳은 옛날
진주목晉州牧으로 가는 길목이고,
관리官吏와 역리驛吏 등이 드나들었다.
오가는 사람들이 묵을 관사가
운영되었고 행정리(관리) 이름에 그
흔적이 남아 있다.
한때 얼마나 많은 사람이 오갔을지
짐작만 할 뿐, 지금은 둘레길꾼들이
관동마을과 율동마을, 그리고
우계리牛溪里 상우, 서당마을로
이어지는 지리산둘레길을 걸으며 두고
온 고향을 맛본다. 관동마을 쉼터에
앉아 펼쳐진 산자락을 보고 있으니
호젓한 산골마을이 아리기만 하다.
늙어가는 마을에 꽃이 화사하다.
그래서 더 아리다.

하동 적량면 관동마을의 봄
47×60cm,
한지에 수묵채색,
2017

얼마나 밥이 그리웠을까. 서당마을 이팝나무

밥풀을 닮은 나무. 꽃이 피면 풍년을 점지한다고 해서 신목으로 여긴다. 얼마나 밥이 그리웠을까. 서당마을 이팝나무는 촌로들의 절실함을 200년 넘게 간직하고 있다. 나무를 기준으로 위쪽과 아래쪽의 꽃피는 자리에 따라 풍년이 들었다고 한다. 봄마다 나무 아래에서 꽃피길 빌고 빌었다.

마을 분들은 우계 저수지가 생기고 난 뒤부터 위아래 모두 풍년이 들었다고 전한다. 사시사철 꽃을 잡아두고 싶은 마음에서일까? 이팝나무 둘레 벤치에 이팝꽃이 그려져 있다. 너른 들 한가운데 우뚝 서 있는 이팝나무는 여백의 조화를 알려준다. 그 나무 그늘에 앉으면, 고단하지만 막걸리 한 사발 목을 축이고 쟁기질하는 우리의 아버지가 마주하고 있다. "이랴! 해 넘어간다 한 배미만 더 갈자."

하동 서당마을 이팝나무
60×47cm,
한지에 수묵채색,
2017

서당마을,
무인 판매 주막집

우리가 즐기자!
옛 마을회관을 주막으로 만들어보자!
'서당마을 주막프로젝트'는 마을 공동의
재산이 남아 있기에 가능했다. 서당이
있었고 분교가 있었다는 마을, 그리고
지리산둘레길 사거리(하동읍~서당,
삼화실~대축의 교차점). 이야기도 있고,
주변 조건도 맞아떨어졌다.

그리고 인근 마을(상우, 관동, 율동)이
더불어 한마당을 펼쳤다.
어르신들이 그린 그림이 벽화가 되고,
마을 주민들이 사진 모델이 되고,
작가들이 참여해 공동 작업을 했다.
결과물은 마을회관을 고쳐 갤러리 겸
주막으로 만들어 그곳에 전시했다.
주막이 열리고 오가는 사람들보다
마을 주민들이 더 자주 오신다.
무인 판매 주막집에 길손들이
자주 드나들면 좋겠다. 혼란한 세상,
다시 지리산 마을에 주목하는 이유는
공동체에 대한 기억이 절실하기
때문이다.

하동 서당마을에서
47×60cm,
한지에 수묵채색,
2017

15

맘껏 펼쳐진 자연의 신비
숲과 섬진강, 그리고 들판 가득 생명이 넘실거린다

하동 부춘~대축 구간

신록이 마음을 안아준다. 우주는 무시무종, 시작도 없으니 끝도 없다.

아니, 끝없이 생성소멸의 과정이 있을 뿐이다. 많이도 흘렀다. 너덜지대가 있고, 바위와 숲이 강을 보고 그 흐름을 따른다. 얼마나 많은 시간을 기다려 풀이 되고 나무가 되었을까.

그리고 그 생명을 의지해 또 다른 잉태들이 이어진다. 숲의 변화를 처음부터 알지 못하니 그 끝도 알 수 없다. 그저 숲길을 호젓하게 걸으며 서로의 삶을 들여다본다. 신록이 검푸른 빛으로 가는 날, 단풍이 드는 날, 그때도 우리는 만나 지리산을 이야기하겠지. 자연의 신비가 맘껏 펼쳐진 지리산둘레길 부춘~대축 구간. 그저 겸손하게 걸으며 드는 상념이다.

온전히
봄을 맞이하자

부춘마을 초입에 둘레길 쉼터가 있다.
벤치와 바위가 잘 어울린다. 봄이 깊다.
요즘 기상변화로 봄을 깊이 느끼기 어렵다.
봄이 왔는가 하면 여름이 된다. 그렇더라도
높은 산자락 마을에는 봄기운이 오래간다.
마지막 민가를 뒤로하고 오솔길에 접어든다.

개울 물소리 친구 삼아 걷다 보니, 연두가 나무마다
달렸다. 마을에 봄꽃이 자취를 감췄지만 부춘마을
홍골을 지나는데 왕벚꽃이 만발했다. 재촉하지 말고
쉬엄쉬엄 봄기운 한 숨 들이마시고 내쉰다.
생명은 들숨과 날숨 사이라지. 깊이 마시고 깊이
내쉰다. 그만큼 깊어지는 걸음이 된다. '몇 번을 더
맞이할 수 있을까?' 이 화백이 묻는다. '무엇을요'.
생애에 맞이할 수 있는 봄을 세어보란다.
온전히 봄을 맞이한 적이 많지 않다.

이번이 마지막일지 모른다. 늘, 하루하루가…

하동 부춘마을의 봄
46×60cm,
한지에 수묵채색,
2017

부춘 시누대숲,
바람에 전하는 안부

자연의 모습을 최대한 느껴본다.
숲에 개울이 흐르는 길은 정겹다. 경작지였다가 묵은 논에 고사리가 심어져 있다. 축대를 높이 쌓은 묵은 논밭을 지나다 만나는 시누대 숲길. 길지 않지만 다른 세상에 들어가는 느낌이다.
지리산둘레길 하동 구간에서는 대나무 숲길을 만나는 즐거움이 있다. 하동호, 위태 쪽에서 왕대숲을 지난다. 쓰임이 많은 왕대에 견주어 '시누대'를 '신하대'로 부르기도 한다. 어릴 적 시누대로 화살을 만들어 놀았던 기억이 새롭다. 화살과 붓대로 사용된 시누대가 우거진 곳은 부춘마을에서 산으로 드는 초입이다. 옛날 이 마을 아이들, 부모님에게 화살을 만들어 달라고 졸랐을 것이다. 골짜기 전답을 부치며 아이들을 키웠을 그 사람들과 그 아이들 지금은 어디서 무엇을 하고 있을까?
대숲에 이는 바람에 안부를 전한다.

부춘 시누대 숲길
60×46cm,
한지에 수묵채색,
2017

쌓이고 쌓이다,
웃재 너덜지대

수십, 수만 년의 풍화작용을 거치며 떨어진 돌이 쌓인 지형이 너덜지대이다. 지리산둘레길을 걷다 만나는 너덜지대. 그냥 지나치기 일쑤지만 한 번쯤 발걸음을 멈춰 살펴보자. 어떤 곳은 암반층만 있고 또 어떤 곳은 암반층을 밑에 두고 나무들이 자리를 잡고 있다. 구르고 구르다 자리를 잡은 그들이 쌓이고 쌓인다. 모양과 크기가 다채롭다. 어떤 작용으로 암반층이 쪼개지고 분리되었을까. 경이롭나. 너덜지대 주변 빈틈을 찾아 뿌리 내린 나무들의 종류가 다양하다. 참나무, 오리목, 노각, 서어나무, 때죽나무, 왕벚꽃나무 모두 숲에서 시간여행을 하는 듯하다. 인생 회갑을 기념해 둘레길을 달마다 걸으며 그들의 모습을 그리는 이 화백과 그 청을 못 이겨 이 길에서 글을 쓰고 있는 인연 역시 예사롭지 않다. 너덜지대 바위와 나무들의 만남같이 그저 신비롭다.

웃재 너덜지대
46×60cm,
한지에 수묵채색,
2017

생명은 서로
나누고 의지하는 것

바위, 그저 우두커니 깊은 산중에 앉아 있었어. 어느 날, 새와 바람이 씨앗 하나씩 나에게 남겼고 내 몸에 뿌리를 내렸어. 새순이 나고 가지를 뻗고 꽃을 피울 때마다 온몸이 떨렸어. 내 몸이 갈라지고 틈새를 넓히는 일은 벅차고 고통스러웠지만 소나무 한 그루 온몸으로 받아 안았어. 참꽃이 어느새 옆 자리 틈 사이 자리 잡았을 때 비로소 알았지. 생명은 서로 나누고 의지한다는 것을…. 봄, 여름, 가을, 겨울 계절이 바뀔 때마다 저 아래 섬진강이 얼마나 많은 이야기를 실어 보내는지. 바람결에 들려오는 소식, 날갯짓하며 날아든 나비와 벌, 새 철 따라 보내온 이야기에 웃고 울며 서로를 살피고 있어. 오솔길 따라 걷다가 멈춰 선 사람들이 나에게 위로를 받았으면 좋겠어. 힘내, 혼자가 아니야!

웃재 바위와 섬진강
60×46cm,
한지에 수묵채색,
2017

입석길목
서어나무 숲길의 신령함

부춘마을에서 시작한 길은 입석마을과 대축마을로 이어진다. 입석마을과 부춘마을은 가깝고도 멀다. 높은 재를 하나 넘어야만 만날 수 있다. 30년 전 입석마을에서 부춘마을로 감자씨를 구하러 갔다고 한다. 씨감자는 자가 채종을 하지 않고 멀리 떨어진 곳의 것을 심어야 수확이 좋단다. 누에를 먹이기 위해 뽕잎을 구하러 오고 갔다고도 한다. 그만큼 두 마을은 농사일로 자주 오갔던 마을이었다. 지금이야 둘레길이 열려 오가는 길손이 있었지만 길이 다시 이어지기 전까지 마을 간 왕래는 끊겼었다. 입석마을로 이어지는 길은 서어나무가 가로수처럼 자란다. 건장한 인체의 근육질 같은 껍질을 하고 우람하게 서 있는 서어나무 숲길을 지나면 신령한 기운을 느낄 수 있다.

입석길목 서어나무 쉼터
46×60cm,
한지에 수묵채색,
2017

16

자주 멈춰 이름 불러주는 아름다움
가까이 살피며 걸으니 더 많이 보인다

구례 송정~오미 구간

오늘은 지리산 자연해설가들과 동행을 했다. 동행이 누구인가에 따라 보이는 것도 다르다. 오미~송정 둘레길은 동네 산길 같다. 그러나 전망 좋은 곳에서 섬진강이 펼쳐지고, 풀꽃과 나무들을 잘 아는 이들과 함께이다 보니 발걸음을 자주 멈춘다. 가까이 다가가 잎맥을 살피고 꽃 모양을 보며 그 특징에 따라 붙여진 이름을 맞춰본다. 이름을 불러주는 일은 그래서 아름답다. 만물이 그저 태어나지 않았으니 저마다 이름을 가진다. 이 구간은 풍요로운 들판이 펼쳐지고 협곡인 섬진강이 있다. 산허리를 둘러 걷는 옛길이다 보니 이순신 장군이 백의종군할 때 스쳐지난 곳이 많다. 왜구와 싸우다 전사한 구례의 의로운 사람들을 기리는 석주관칠의사묘와 사당도 가까이 있다.

가까이 다가가 보아야
예쁘다

꽃을 좋아하는 여인 둘이 같이 걸었다. 도란도란 이야기를 나누다 보니 지천명의 나이를 맞이한 동갑이다. 지리산국립공원 자원봉사자와 해설사로 일을 하다 둘 다 요즘 쉬고 있다. 그림에 관심이 있는 분들이어서 이 화백의 스케치 모습을 진지하게 살펴본다. 길을 걷다가 들꽃을 만나면 걸음을 멈추고 눈맞춤한다. 꽃이 꽃을 만나니 이 길이 더욱 환하다고 하니 활짝 웃는다. 그 모습이 아름답다. 두 사람의 설명이 이어지니 모르고 지나치던 꽃들이 환하게 답한다. 그저 꽃 이름 하나 아는 게 중요한 게 아니다. 모양과 그가 잘 자라는 자리, 그리고 환경의 변화에 따라 군락지가 생기고 사라진다는 변화의 과정이 귀에 들어온다. 가까이 다가가 보아야 예쁘다.

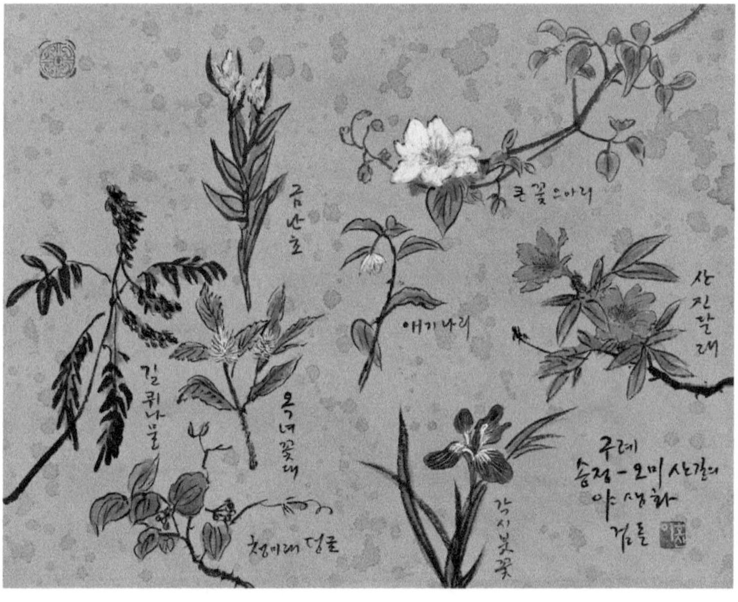

송정~오미 산길의 야생화
46×58cm,
한지에 수묵채색,
2017

호젓한 숲속 계곡, 나그네의 쉼

수량은 많지 않지만 둘레길 구례 구간 가운데 숲에서 드물게 만나는 계곡이다. 계곡을 따라 석주관칠의사 유적지로 이어지는 길이 있다. 주변이 기운 좋은 터로 알려졌다. 그래서인지 기도하는 사람들이 머물고 있다. 석주관으로 가는 길 사면에 돌무더기 지대가 나온다. 유심히 살피면 기도하는 곳임을 알 수 있다. 계곡에 잠시 발을 담근다. 가재를 발견한 일행이 가재의 생태를 설명해준다. 시원한 물이 그리운 계절이다. 더워지기 시작하면 사람들은 산보다 계곡을 찾는다. 오솔길을 오르내리며 땀에 젖은 몸을 식히기 위해 얼굴을 씻고 발을 담그면 시름이 사라진다. 살아가면서 스스로 다른 사람에게 위로가 된 적이 얼마나 될까. 호젓한 숲속에 조용히 흐르는 계곡이 나그네에게 쉼을 선사하듯 이 길을 걷는 이 모두가 그런 삶이길….

송정계곡
46×58cm,
한지에 수묵채색,
2017

곧게 뻗어 울창한 편백숲

울창한 아름드리 편백숲을 지날 때마다 원시림이 생각난다. 빠르게 자라는 나무이고, 이 지역 대표적인 조림종이지만 곧게 쭉 뻗어 자란 편백나무는 느낌이 좋다. 워낙 울창해 새어드는 빛이 서늘함을 준다.
오래전에 농사를 지었을 것 같은 평지에 물이 고인 웅덩이가 있다. 진흙 목욕하러 산돼지들이 다녀갔다. 둘레길을 걷다가 멧돼지를 만나면 조용히 숨을 죽이고 뒷걸음으로 피해야 한다. 이곳에서 멧돼지를 직접 보지는 못했다. 종종 둘레길을 걷는 이들이 멧돼지를 봤다고 전해준다.
그늘진 숲 가장자리에 은방울꽃이 군락을 이루고 있다. 우산나물, 고비가 활짝 피었다. 편백숲은 단일 수종으로 다른 식물들이 눈에 잘 띄지 않는 것에 비해 이곳은 다양한 식물들이 어울려 있다. 편백숲이 차면 사라질지도 모른다. 자리를 내줘야 할 때가 있다.

송정 편백숲
58×46cm,
한지에 수묵채색,
2017

세대를 이어가는
생명의 울림

사람들의 실수가 산불로 이어진다. 숲에 불이 난
이후 수년이 지났다. 숲의 자연 회복력을 본다.
그을린 소나무, 주검으로 서 있다. 그 바로 옆에
소나무 씨앗, 뿌리를 내리고 무리로 자라고 있다.
세대를 이어가는 생명의 울림은 늘 숭고한 모습이다.
그을림이 덜한 소나무는 그날의 화마를 간직한 채 서
있다. 5~6년 전이었던가, 지리산에 불이 참 많이도
났다. 대부분 사람들의 실수로 발화되었다.
지난달 강원도에서 난 산불 지역이 궁금하다.
강풍에 휩싸인 불길로 잿더미가 된 숲이 어서
되살아났으면 한다. 새 솔이 언제쯤 울창한 숲을
이룰까. 이곳을 지날 때마다 늘 마음이 아프다.

산불 흔적과 새 솔
58×46cm,
한지에 수묵채색,
2017

지리와 백운을
사이에 둔 섬진강

송정~오미, 산불로 상처 입은 숲을 지나다 트인 곳에 접어들면, 섬진강이 들어온다. 강 건너는 백운산이 겹겹이 펼쳐진다. 지리와 백운을 사이에 둔 섬진강은 늘 봐도 눈이 시리게 정겹다. 강 안쪽에 습지가 발달된 곳, 섬진강어류생태관이 자리한 주변 일대가 수달보호구역으로 지정되어 있다. 구례군 토지면과 간전면 사이를 흐른다. 강이 있으니 평야가 넓게 발달되어 있다. 토지면은 이름 그대로 땅이 비옥하다. 임도 곁에 마련된 쉼터에 자리를 잡고 앉았다. 그저 바라보기만 해도 넉넉하다. 밀이 익어간다. 사람의 마을, 그 앞강에는 수달이 살고, 강 건너 숲에 초록이 짙어지고 있다.

구례 토지면과 섬진강
46×58cm,
한지에 수묵채색,
2017

17

길 위에 드리워진 우리의 그림자
어둠을 뚫고 빛의 세계로 가는 여정

산청 성심원~운리 구간

삶이란? 시대마다 그 뜻을 묻는 이들이 있었다. 절박한 세월을 사는 이들은 고통과 공포를 견디며 애절하게 원했다. 일상의 평안과 행복을… '식구들과 오순도순 다리 뻗고 사는 일이 왜 그리 먼지…' 이 길 위에서 못나서 버림받거나 뜻이 다르다는 이유로 외면당한 이들을 떠올려본다. 조선의 불교인, 빨치산, 한센인. 이 길 위에 드리워진 우리의 그림자이다.

웅석봉 가는 길과 만나는 성심원~운리 구간은 길 걷는 이들의 불만이 많다. 급경사로 해발고도가 높으니 올라야 하는 수고가 배나 든다. 길게 이어지는 지루한 임도 역시 부담이다. 도로를 걷게 할 수 없고, 적당한 길을 찾아 잇다 보니 최적의 길이 되었다. 이 길에 의미를 붙여본다. 역사의 그림자를 잇는 곳, 어둠을 빛으로 환하게 해주는 곳이다. 지리산둘레길이 연결되면서 한센인이 사는 성심원이 세상을 향해 활짝 열렸고, 단속사지에서 유불儒佛이 만나 나라를 걱정한 마음을 읽으니 참 좋다.

인고의 세월이 빚은 꽃 '성심원'

'성심원'은 가톨릭 프란치스코 수도회에서 운영하는 한센인 복지시설이다. 1959년 설립되었다. 한센인 공동시설로 출발했지만, 지금은 중증장애인을 포함한 복지시설로 운영되고 있다. 천형의 사슬을 지니고 자립 공동체를 일구어온 사연은 눈시울을 적시게 한다. 몇 날 며칠을 산에서 살아야 했다. 건물을 짓고 터를 닦다가 내쫓으려는 주민들이 몰려오면 하던 일을 멈추고 야산으로 도망을 쳤다. 공권력마저 이들을 쫓아내려는 사람들 편이었다. 인고의 세월이 빛이 되었다. 훌륭한 자립복지 공간으로 거듭난 것은 물론, 지리산둘레길이 열리고 선입견을 가진 사람들이 하나둘 발걸음을 하고, 성심원 측은 세상을 향한 '인애축제'를 열었다. 뭉개진 몸이지만 화사한 마음으로 사람들이 와서 즐길 수 있는 장을 펼친 것. 성심원에는 수도원과 수녀원, 복지시설과 둘레길 안내센터가 지리 잡고 있다. 이곳에 지리산 미술관이나 박물관이 생기면 좋겠다.

산청 성심원
46×58cm,
한지에 수묵채색,
2017

함박꽃, 산딸나무꽃,
엉겅퀴의 사연

여름 꽃은 흰 빛깔이 많다. 길섶이나 밭, 논두렁에 친숙하게 자리 잡은 엉겅퀴 붉은 자태에 못지않게 진초록이 짙어진 울창한 숲에 흰빛은 화사하고 찬란하다. 웅석봉 하부 헬기장을 지나 운리 쪽으로 내려오는 길은 처음 길을 이을 때 숲과 임도가 확연히 구분되었는데 이제 임도 가까이 그늘이 차고, 길섶에 자리 잡은 나무가 훌쩍 커버렸다. 땡볕일까, 걱정했는데 걷기 좋게 그늘이 만들어진다. 오솔길을 지나 넓은 임도를 만나면 앞, 뒤로 줄서는 걷기가 옆으로 어깨를 나란히 하게 된다. 옆 사람의 숨결을 느끼며 도란도란 이야기를 나눈다. 함박꽃과 산딸나무꽃이 나무마다 피었다. 산중에 홀로 피었다 지기에 반해버릴 만한 함박꽃, 꽃이 십자 모양으로 예수가 달린 나무라는 전설이 전해지는 산딸나무꽃. 모든 존재는 사연을 가진다.

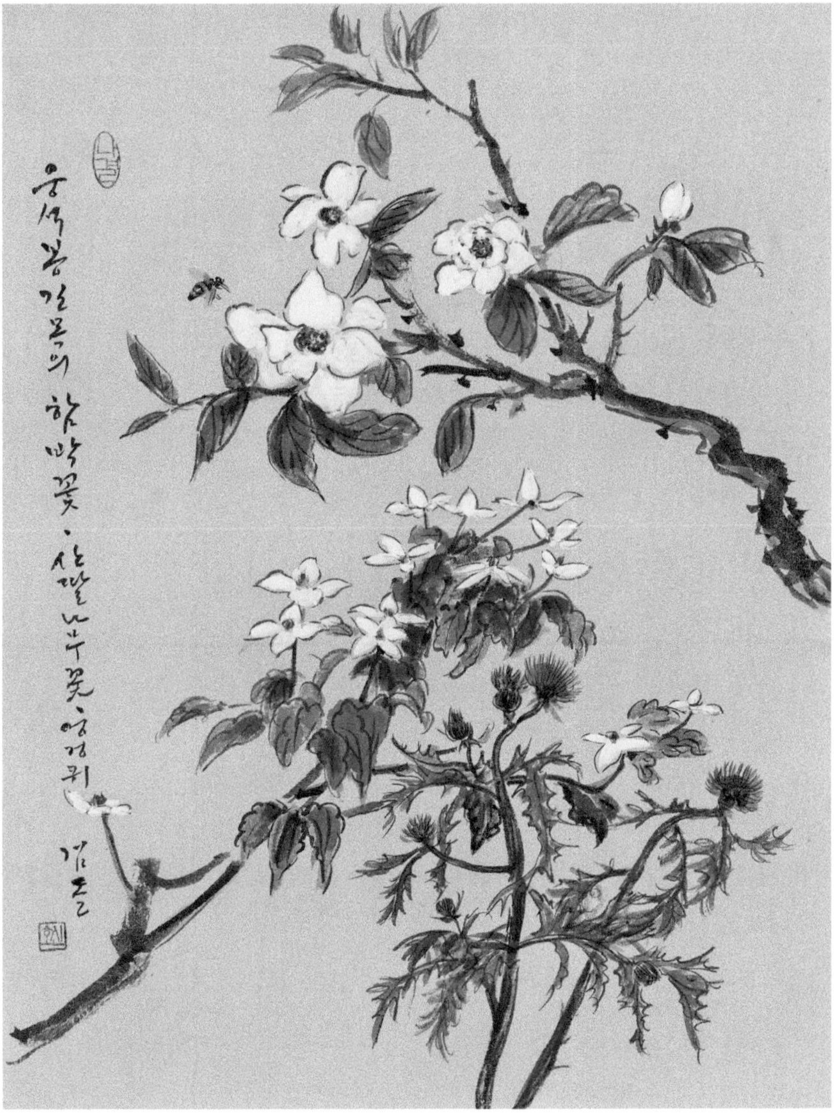

웅석봉 길목의 꽃들
58×46cm,
한지에 수묵채색,
2017

청계저수지에서
서로의 자리를 본다

저수지, 농업의 근대화와 맞물려 있다. 보금자리를 내주고 수몰된 민가가 몇 채나 될까. 농토는 기름지고 가뭄에서 자유로워졌다. 내려오면서 간간이 보이던 저수지 가까이 다가간다. 산골짜기에 만들어져 물이 맑다. 저수지 인근에 있는 집들이 별장 같다. 카페가 있고 펜션이 있다. 산정호수 같은 풍경이 사람들을 끌어들인다. 초록으로 물든 눈에 호수를 담고 다시 길을 나선다. 모내기가 끝난 논들이 푸르다. 산중이라 변화가 없을 것 같았는데 이곳저곳 집들이 들어서고 산을 밀어 집터를 만드는 모습도 보인다. 도시를 떠나 조금이라도 더 좋은 경치를 감상하며 살고 싶은 게 인간 본연의 모습인가, 반문해본다. 세상살이는 자리를 잡는 일에서 시작된다. 부디, 서로의 자리를 존중하기를 빈다.

산청 청계저수지
46×58cm,
한지에 수묵채색,
2017

단속사지
달밤의 사색

단속사지에 달이 떴다. 잊혀진 단속사지는 유홍준의 〈남도 문화유산답사기〉에 탑 2기의 아름다움이 실리며 나라 사람들에게 알려졌다. 단속사지는 당나라 북선종의 가람으로 알려져 있다. 지리산 이곳저곳에 불교 유파들의 절이 세워졌다. 산이 그만큼 품이 너른 데다 사는 사람들 역시 융합의 생활을 했다고 할 수 있다. 지금도 기독교, 불교, 원불교, 가톨릭 4대 종단의 종교인들이 이곳에서 종교 간 대화를 하며 세상을 아름답게 물들이고 있다. 인간답게 사는 길을 묻는 방편들은 많지만, 종국은 자신을 제대로 찾는 일이지 않을까. 단속사지 달밤에 묻혀 잡생각을 한다. "단속사에는 화가 솔거의 유마거사상이 있었다는 기록이 전해온다"고 이 화백이 알려주었다.

단속사지의 밤
58×46cm,
한지에 수묵,
2017

단속사지, 남명이 사명을 떠나보내며

단속사지 입구, 남명이 사명에게 준 시비가 있다. 남녀노소를 불문하고, 마음과 마음이 뜻으로 만난 우정은 감동을 준다. 조선에서 불교인으로 사는 일은 끊긴 세상을 사는 고도孤島의 애절함이다. 불교는 명맥을 잇기에도 벅찼다. 한양에서 천리 떨어진 지리산, 단속사. 사명은 남명을 만난다. 절집에 소임을 받아 왔는지, 남명이 단속사를 강습장 삼아 우국충정을 토론한다는 소문을 듣고 일부러 왔는지, 그 사연은 모르지만 둘은 통했다. 나라의 미래를 걱정한다. 촌로가 된 유학자 남명이 혈기 왕성한 젊은 승려 사명을 떠나보내며 시詩를 준다. 자나 깨나 시국에 대한 걱정뿐이다. 앞으로 어떻게 해야 될지 뜻을 세웠다. 단속사지 남명의 시는 난세에 영웅의 결의가 숨어 있는 것 같다. 시 한 편에 의병의 스승인 남명과 승병장이 된 사명, 그들의 아름다운 관계가 살아난다.

남명과 사명
58×46cm,
한지에 수묵채색,
2017

18

제자리를 빛내고 있는 무심함
그래 고향, 남명이 찾은 지리산이기도 하지

산청 덕산~하동 위태 구간

마을, 사람, 길. 모든 게 익숙한 곳이다. 길에서 만나는 모든 게 정겹다. 어쩌면 세상의 모든 것들은 스스로를 알고, 나아가 세상으로 열린다. 그리고 무심한 듯 제자리를 빛내고 있다. 덕산~위태 지리산둘레길은 그렇다. 하늘 아래 큰 산이 있고, 그 산 아래 뜻을 품은 사람들이 살아간다. 그릇의 크기를 논하거나 평가하는 일이 얼마나 부질없는지 길을 걸어보면 안다. 상대를 존중하는 마음가짐을 가진 마을 사람들이 오늘도 그 마음 그대로 농사를 짓고 있다. 남명 선생의 발자취도 곳곳에 남아 있다. 길 주변에 중태, 유점, 위태, 내외공 마을이 있다. 지리산 깊숙한 마을, 여기도 한국전쟁의 아픈 기억들이 있다. 이 길로 지리산에 생명평화의 물결이 흐르게 하자! 있는 그 자리부터 끌어안자!

선비정신이 서린
산청군 시천면 덕산

산청군 시천면 덕산德山.
덕산면이 더 어울릴 것 같은데….
그러기에는 이름이 너무 큰가?
혼자 생각해본다. 지리산이 덕산이다.
지질학적으로 흙산이기에 풍부한
물산을 자랑한다. 그래서 은자의 산,
도망자의 산으로 절박한 사람들을
품어주었다.
그 연이 어머니 산으로 이어진다.
이와 달리 정신적인 가치를 우선하는
유학자들은 지리산을 가장 큰
도리이자 깨달음의 실천적 덕목으로
봤다. 남명이 덕산 초입에
입덕문을 새겼다.
그가 본받으려 한 천왕봉의 기개,
그리고 그의 행적을 따라 수많은
선비가 덕산을 오갔다. 양단수가
흐른다. 덕천서원, 산천재, 남명기념관,
그리고 생활근린시설이 도로를 따라
놓여 있다. 옛 풍광과는 달라졌지만
선비정신의 혼과 얼이 서린 곳이다.

지리산 덕산
46×58cm,
한지에 수묵채색,
2017

둘레길 이음단의
어울림 잔치가 열린 중태마을

중태마을, 지리산둘레길이 열리고 이곳에 처음 마을 안내소가 생겼다. 지리산마을이 지리산둘레길 안내소가 되어 오가는 길벗과 친구가 될 날이 오겠지. 중태 안내소를 만든 이유 역시 마을의 역할, 둘레길과 마을의 관계 맺기 때문이었다. 마을회관과 정자나무가 있었다. 곶감으로 유명하니 오가는 이들이 혹시라도 감에 손댈까 걱정이 됐다. 조립식 안내소를 설치하고 안내 및 실명제 부스로 썼다. 정자나무에는 평상이 깔리고 회관 옆에는 화장실이 생겼다.

2012년, 지리산둘레길 전체 구간을 잇는 이음단이 구례 밤재에서 양방향으로 출발한 뒤 이곳에서 만났다.
어울림 잔치를 열었다. 흥겹게 덩실거렸다.
떠나신 분도 계시지만 여전히 중태 안내소에 나와 휜소리를 하며 참견하신다. 마을 분들의 우편물 보관 장소이기도 하다.
둘레길과 마을이 만났다.

중태마을과 둘레길 안내소
46×58cm,
한지에 수묵채색,
2017

갈치재에서 본 천왕봉,
겹겹이 아늑하다

갈치재는 처음 둘레길로 쓰려다 포기한 곳이다. 하동~산청을 연결하는 59번 국도 확포장 공사 예정지. 하동 위태마을과 산청 내공마을이 갈치재를 사이에 두고 있다. 내외공마을 양민학살은 잘 알려졌다. 2004년, 지리산탁발 순례단이 처음으로 외공마을 양민학살현장에서 위령제를 올렸다. 위태마을 역시 희생자가 있다. 반세기를 넘긴 그 상흔들이 언제쯤 아물어 평화의 노래로 부활할는지….

둘레길은 그 아래쪽 작은 고개를 택했지만 천왕봉을 보려면 갈치재로 걸어도 된다. 내공마을로 내려가지 않으면 길 잃어버릴 염려는 없다. 중태와 위태로 연결되는 임도를 걸으면 된다. 덕산 산천재에서 보는 천왕봉과 달리 산줄기 겹겹이 아늑하다. 무엇이든 받아줄 것같이 넉넉하다.

갈치재에서 본 천왕봉
58×46cm,
한지에 수묵채색,
2017

위태마을 대숲, 쌓인 돌 사이로 반짝이는 숭고한 노동

대숲길만 놓고 보면 이보다 더 좋은 곳은 없다. 자세히 보니 모두 묵은 논이다. 정갈하게 쌓아올린 축대가 마을 공동체 울력의 상징같이 튼실하다. 두메산골에서 한 평이라도 더 쓰임이 있는 땅을 만들기 위해 촌부들이 모여 몇 날 며칠을 고생했을 것이다. 숭고한 노동이 쌓인 돌 사이로 반짝인다.

대나무 오솔길에 앉아 다리쉼을 한다. 아득히, 이 땅에 거름을 내고 소로 논을 갈고 모내기를 하는 소리가 들린다. '힘들지! 누구에게나 감당할 만큼의 짐이 지워질 뿐이야….' 대나무 사이로 햇빛이 들어온다. 얼마나 아름다운지…. 위태마을 숲길을 지나면 중태재이다. 이 고개는 산청과 하동을 나누는 지점이다. 그런데 위태사람은 중태재로 부르고 중태에서는 위태재로 부른다. 마을에서 고개는 서로를 안아 모시는 곳이다.

위태마을 대숲
58×46cm,
한지에 수묵채색,
2017

위태마을,
주저앉고 싶은 평화로움

옛 기억을 떠나 위태마을은 정말 평화롭다. 하동군 옥종면 위태마을. 언젠가는 59번 국도가 확·포장되고 한적한 포장길로 모험을 즐기는 여행자들이 틈틈이 오가는 모습을 보이겠지만, 갈 때마다 한가롭고 평화로워 주저앉고 싶은 곳이다. 빼어난 산수가 있거나 뛰어난 풍광을 지녔다고 할 수 없다. 마을을 둘러싼 대나무 숲이 곳곳에 펼쳐져 있고, 저 멀리 지네재로 가는 길을 품은 동산이 너무도 익숙한 시골 마을 풍경이다. 옹기종기 여기저기 모여 있는 집 굴뚝에서 연기라도 피어오를 때면 아무 집이나 벌컥 문을 열고 뛰어들 것 같다. 삼삼오오 마을 정자나 회관에 모여 도란도란 이야기 나누는 어미 아비 역시 순박하게 길손의 물음에 답한다. 그래 고향, 그런 느낌을 주는 마을이다.

하동 위태마을
46×58cm,
한지에 수묵채색,
2017

19

산촌마을 짙게 배어 있는 사람냄새
지친 우리가 안길 곳은 이곳, 지리산!

하동 하동호~삼화실 구간

하동군 청암면과 적량면을 지나는 둘레길. 지리산에서 가장 큰 저수지가 있고, 산골마을 아이들이 학교를 오가며 이웃마을에 드나들면서 쌓아올렸을 돌탑이 고갯마루에 놓여 있다. 지름길인 징검다리를 건너는 곳. 마을 곳곳에 당산나무가 줄지어 서 있다. 고갯길도 아닌데 한참을 걸어야 마을이 있다. 마을 숲을 이루는 대나무가 빼곡한 첩첩산중에서 아이들을 낳고 길렀다. 무심한 세월이 많은 것들을 바꿔놓았다. 그래도 이 길은 산촌마을 짙게 배어 있는 사람냄새를 간직하고 있다. 유난히 무더운 데다 가뭄마저 들어 하동호가 거의 바닥을 드러낸다. 한때 이곳에서 살았던 사람이 강바닥을 가리키며 마을의 흔적을 이야기한다. 누구나 제자리를 떠나 외롭고 쓸쓸하면 옛 자리를 찾는다. 그리고 힘을 얻는다. 지친 우리가 안길 곳은 지리산!

"눈에 선하지, 물속이…."

최근 몇 년째 호수가 바닥을 드러내는 일이 잦다. 기상이변으로 겨울에는 눈이 내리지 않고, 봄철 가뭄이 이어지고 여름에도 비다운 비가 내리지 않는다. 2017년, 올해는 더욱 심하다. 하동호로 수몰水沒된 9개 마을, 194세대, 1,036명은 이주를 해야 했다. 가끔 호수에서 요즘같이 가물 때 고향의 흔적을 찾는 수몰민을 만난다.
"눈에 선하지, 물속이…."
여행객들에게는 호수로만 기억되지만 물속이 훤하다는 말에 깨달음 같은 게 느껴진다. 그래, 삶을 속속들이 아는 일은 물결의 깊이를 넘어 그 안의 고요를 아는 일이지… 그 목소리를 뒤로하고 잔잔한 호수가 지리산을 담은 모습에 빠진다. 물이 가득 찬 호수가 담은 지리산, 물 빠진 호수가 담은 지리산은 느낌이 다르다. 마음의 작용에 따라 삶이 춤춘다.

하동호
58×46cm,
한지에 수묵채색,
2017

불편함이 많은 둘레길,
준비하는 지혜가…

하동군 청암면은 청학동이 있는 곳이다. 청학동은
묵계리로 하동호를 지나 한참 더 들어가야 한다.
지리산둘레길이 지나는 면소재지 가운데 가장 규모가
작다. 이곳을 놓치면 안 된다. 면사무소, 파출소,
소방서, 보건소 등 행정기관이 있고, 식당도 있다
길이 열리고 민박을 하는 곳도 생겼다.
지리산둘레길은 참 불편하다. 교통, 먹거리, 잠자리
그 모든 게 불편하다 보니 사람들의 불만도 많다.
관광지와 달리 그저 그렇게 일상을 살아가는
민초들의 삶의 현장이 길이자 편의공간이다.
계획하고 준비하는 지혜가 필요하다.
평촌마을로 불리는 청암면 소재지 역시 둘레꾼들을
위해 일부러 배려한 지역이다. 가을바람이 부는
느티나무 정자에 누워 하늘을 올려다보다 아래를
보니 담배꽁초가 널려 있다. 시름을 달래는 곳이구나!

청암면 소재지
46×58cm,
한지에 수묵채색,
2017

관점마을,
징검다리의 아찔한 쾌감

지리산둘레길을 걷다 만나는
징검다리는 묘미이다. 징검다리는
지름길이다. 어릴 때 물이 넘치는
개울을 건너지 못해 종종걸음하다
돌아가는 길. 어서 자라 한걸음
껑충껑충 뛰고 싶었다. 둘레길에서
만나는 징검다리는 세 곳이다.
남원 회덕, 산청 덕산, 그리고 이곳.
보물이다. 온 나라 곳곳이 편의를 위해
개울을 건너야 하는 곳마다 다리를
놓았다. 튼튼한 시멘트 교각을 세워
만든 다리에 익숙한 몸이 징검다리를
건너며 아찔한 쾌감을 느낀다.
이 개울은 청학동 심심산골의 물이
섬진강과 만나는 횡천강 상류이다.
마을 어머니 한 분이 다슬기를
채취하고 있다. 수렵채취,
인류의 오래된 생존방식이다.
"많이 잡혀요?"
"…."
나그네의 객쩍은 소리를 무심히
흘려보낸다.

관점마을 돌다리
46×58cm,
한지에 수묵채색,
2017

상존티마을,
마음이 뭉클거린다

깊고 깊은 산촌이다. 지리산 산골짜기 마을이 생긴 내력은 대동소이大同小異. 역사의 변곡점마다 온 나라 사람들은 요동친다. 안전한 곳을 찾아 정든 곳을 떠나는 일은 비일비재非一非再. 지리산은 늘 사람들을 안아주었다. 윗담, 아랫담, 물 건너 생긴 지형대로 서너 채의 집들이 옹기종기 모였고, 비좁은 터를 닦아 이웃을 받으며 마을의 모양이 갖춰졌을 것이다. 마을 정면에 앉아 풍경을 본다. 마음이 뭉클거린다. 소박하고 단순하다. 밭에서 할머니가 고추를 따고 있다. 집 모양은 세 칸짜리 누옥이다. 비좁은 집이라 느끼지 않고 오순도순 살아온 이야기가 집마다 서려 있다. 상존티마을에 있었던 학교가 문을 닫아 아이들은 존티재를 넘어 적량 삼화초등학교를 오갔다.

청암면 상존티마을
46×58cm,
한지에 수묵채색,
2017

혓바닥을 쏙 내민 지하여장승

이 고개는 하동군 적량면 삼화실과 청암면 명사리를 오가는 길이다. 옛길 그대로이다. 존티재에 길이 다시 열릴 때 장승 2기가 만들어졌다. 혓바닥을 쏙 내민 지하여장승의 모습이 해학적이다. 조탑이다. 돌무더기, 오가며 재미 삼아 던지거나 마음을 담아 쌓아 올린 돌무더기가 탑이 되었다. 남녀노소가 모두 돌덩이 하나에 마음 한 자락 담았을 그 발길이 눈에 선하다. 맞은편에는 지리산둘레길 이정목이 우뚝 서 있고 오가는 사람들이 재미 삼아 스탬프를 찍을 수 있도록 스탬프 하우스가 옆 자리를 지키고 있다. 학교를 다녔던 아이들이 지리산을 떠나 어느 곳에 자리 잡고 살아가는지 문득 궁금하다. 아마도 그 추억을 기리기 위해 둘레길을 걷고 있을지 모른다.

존티재 장승
58×46cm,
한지에 수묵채색,
2017

20

자연의 섭리 따라 사는 사람들의 기억
소소한 일상을 사는 이들이 위로받을 수 있는 곳

구례 방광~산동 구간

만추晩秋, 지리산을 걷는 일은 순명이자 순종이다. 자연을 거슬러 살 수 없다. 이 길에는 자연의 섭리에 따라 살고자 한 사람들의 기억이 소중하게 묻혀 있다. 지리산 종석대 아래 마을은 지리산의 정기를 모시는 주련을 걸었고, 사람은 석불에 일체의 번뇌를 없애고 지혜를 좇고자 하는 마음을 새기고 새겼다. 마을에 늘어선 당산나무, 그 아래 할미는 천지신명에게 몸을 낮추고 낮추었다. 그리고 침묵의 시간을 보내며 맞이한 가을, 천지에 풍요로움이 펼쳐졌다.

지금의 세상은 어지럽기만 하다. 국토는 강자의 약육강식 논리에 유린당하고, 일상은 온갖 불안과 고통으로 얼룩져 있다. 소소한 일상을 살아야만 하는 우리는 어디에서 위로를 받을 수 있을까? 일상이 조건에 얽매여 있다. 훌쩍 지리산으로 떠난다.

방광마을
구례

마을은 자기의 기록과 역사를 이어간다

마을 사람들이 정자에 모여 팥죽을 쑤어 드신다. '가을걷이를 위해 몸보신을 한다', 보기만 해도 흐뭇하다. 종석대 아래 방광마을은 규모가 크다. 마을 정자 앞에 느티나무 다섯 그루가 지키고 섰다. 마을회관 주련에 지리산의 정기를 받고 싶은 소망이 걸려 있다. 구전에 의하면 판관이 살았다 하여 '판관마을'이라 했다가 판관이 변형되어 '판팽'이라 했던 것이 '방광'으로 개칭되었다고 한다. 방광마을 역시 이념의 다툼으로 마을이 상처를 입었다. 이장님이 가을 수확에 필요한 농자재를 마을회관 앞에서 기록을 하며 나눠준다. 마을은 그렇게 자기의 기록과 역사를 이어간다. 방광마을에서 지리산둘레길은 마을버스 정류장 건너편에 놓인 소원돌을 지나 찬새미골로 이어진다. 돌을 잡고 소원을 빌면 이뤄진다니, 재미를 더한다.

방광마을
46×58cm,
한지에 수묵채색,
2017

어색하고 낯선 구례예술인마을, 지리산 품에 안기다

처음엔 이질적이었는데 잘 어울린다. 시간이 흐르면서 예술인 마을도 구례의 일부로 지리산둘레길의 마을로 자리를 잡아가는 느낌이다. 시각예술을 하는 분들이 뜻을 모아 지리산에 전시 및 작업 공간을 마련한 지 10년이 훌쩍 지났다고 한다. 마을에는 상시 갤러리와 쉬는 공간도 운영된다. 예술인 마을 인근에 '남악제'를 지낸 자리가 있다. 남악제는 나라의 안녕을 비는 국가제사로 오랜 전통을 자랑한다. 지금은 구례의 중요문화축제로 화엄사 일원에서 열린다. 사는 일은 자리를 잡는 일이다. 자리를 잡는다는 것은 서로를 내주는 일이기도 하다. 지리산은 사람들에게 넉넉하다. 지리산에서 사는 사람관계도 지리산을 닮는 것 같다. 어색하고 낯선 마을이 이제 지리산의 품에 안겨 그림이 되고 있다.

구례예술인마을
46×58cm,
한지에 수묵채색,
2017

대전리 석불을
세상에 부른 까닭?

석불이 있는 이곳을 마을 사람들은 '미륵골'로 부른다. 깨달음은 뭘까? 믿음은? 둘레길이 열리기 전 이곳에서 사람의 발걸음을 찾기 어려웠다. 석불 또한 해와 달, 비바람을 온몸으로 맞고 있었다. 누각에 석불이 모셔져 오가는 사람들이 예를 올린다.

둘레길이 옛 사람들의 마음을 다시 추스르는 기회를 만들었다. 지리산 곳곳이 문화재이다. 늘 물질과 이익을 위해 아옹다옹하는 현세적 욕망 속에서도 그 밑바탕에 불씨처럼 반짝이는 깊은 '사랑'을 꺼내려 탑을 쌓거나 부처를 새기던 문화인들의 흔적이 곳곳에 즐비하다. 또한 공동체 의식이 녹아 있는 유무형의 존재들이 지리산이기도 하다. 대전리 비로자나석불을 세상에 부른 이 역시 지리산 사람이다. 우리가 지금 세상에 불러내 가꿔야 할 것이 무엇일까, 깊이 생각해본다.

대전리 석불
58×46cm,
한지에 수묵채색,
2017

돌탑 쌓은 공력,
소나무 자태로

난동마을에는 소나무 숲이 있다.
마을회관 아래에 느티나무 당산나무가 있고
그곳에서 당산제를 올렸다고 한다.

마을 위쪽에 자리한 웃당산에는 소나무 열 그루가
서 있다. 10여 년 전까지 당산제를 올렸다. 지금은
자리를 지키는 나무들이 옛 소식만 바람결에 전한다.
"마을 당산을 지내지 못할 형편이었을 때 마침 마을에
'신내림'을 받은 할머니가 계셔서 그분이 얼마 전까지
당산제를 올렸지", "이제 그 할미, 당제를 모실 만큼
건강하지 못해."

무심한 세월이다. 마을과 들이 한눈에 들어오는
웃당산에 올라서니, 제를 마친 마을 사람들이
여기저기 모여 음식을 나누고 무사를 비는 마음이
느껴진다. 그 소원 덕분일까? 소나무 자태가
예사롭지 않다. 조탑造塔 역시 돌마다 쌓은 기원을
간직하고 있는 듯하나.

난동 소나무 당산
58×46cm,
한지에 수묵채색,
2017

구리재에서 본
구례군 황금 들판

구례군 전경이 한눈에 들어온다. 베령뜰, 상보뜰,
집앞뜰, 웃구만뜰, 못박뜰, 빗가리뜰, 진등뜰.
마을은 저마다 들에 이름을 붙였다.
이름 부르는 일은 관계의 시작이다. 수천 년 정겹게
그 이름 부르며 농사철마다 몸 맞춤을 했을 것이다.
구리재는 광의면과 산동면을 오가는 고개이다.
지초봉으로 이어지는 등산로와 연결된다.

이곳은 진시황의 명령으로 서불이 불로초를 찾으러
왔다는 전설이 전해진다.
'바다 건너 신선이 사는 땅이 있고, 그곳에 가면
불로장생을 이어갈 진귀한 약초가 있으니 찾아오라.'
한반도는 그런 신성한 곳이다. 지리산은 그중
으뜸이었고…. 불로초를 구하러 온 그들,
돌아갔을까? 황금 물결이 출렁이는 이곳을 두고
돌아가는 길, 아쉬움이 많이 남았을 것 같다.

구리재에서 본 구례 전경
46×58cm,
한지에 수묵채색,
2017

탑동마을은 큰 절을 기억한다

산동면 탑동마을. 이름이 나타내듯 탑이 있는 마을이다. 탑은 절집의 상징이다. 절보다 탑이 마을의 상징이라면 절은 아주 옛날 사라지고 탑이 그 흔적만 전해주는 것이리라. 마을은 큰 절을 기억한다. 3층 석탑 한 기가 밭에 묻혀 있었는데 그 탑도 이제 사람들이 볼 수 있게 단장되었다.

이것만으로 탑동일까? 나그네는 마을 이름에 집착하고 있다. 마을회관 앞, 조산과 조탑이 마을을 지키는 모습을 본다. 당산을 만들었다. 어떤 이유에선지 모르겠지만 사람들은 마을 한가운데 성처럼 산을 쌓아 정자나무를 심고, 조탑을 세우고 당산제를 지냈다. 부족하면 채우고 넘치면 비운다. 그 정제의 미를 탑동마을에서 본다. 늘 채우려고만 하는 이기심을 탑동마을 조탑 꼭지돌에 눌러둔다.

탑동마을
58×46cm,
한지에 수묵채색,
2017

21

몇백만 명이 걸었고 걸을, 이 길의 의미
서로 연결된 모든 존재 속으로 거침없이 걸어가자

남원 인월~함양 금계 구간

"시작은 미약했으나 창대하리라!"

지리산에서 걷는 길이 처음 시작된 곳이다. 오르려고만 하는 등산과 정복의 산행 문화를 대신하는, 먼발치에서 지리산을 바라보며 걷는 일. 누구도 예상하지 못했던 결과를 가져왔다. 몇백만 명이 걸었고 걸을, 이 길의 의미를 되새겨본다. 양보다 질을 채우고자 했다. 쇠락해가는 마을 공동체 회복을, 생명의 소중함을 깨닫는 길. 어느만큼 왔는지 모른다. 다만, 날마다 그 이야기를 전하고 현장을 가꾼다. 방방곡곡 걷는 길을 닦게 한 단초가 '지리산둘레길'이었다. 더욱 소중한 것은 지역에 사는 우리 스스로가 제안한 일에 정부가 응했고 걷는 이들이 지리산을 안아주었다. 더 나은 방향으로 한 발짝 한 걸음 옮기는 일, 무엇을 두려워하겠는가. 거침없이 걸어가자. 마침내 모든 존재가 서로 연결되어 있음을 아는 순간이 올 것이다.

황매암,
다시 제자리를 찾은 듯

중군마을을 지나 오솔길로 접어들면 이내 황매암을 만난다. 처음 길을 내주고 스님들이 많이 불편해하셨다. 수행공간인 황매암이 저잣거리가 되었다며 몇 번이고 호출을 했다. 밀려드는 방문객들이 불쑥불쑥 요사채에 들이닥치고, 주지스님 방문을 벌컥 열고 화장지가 없다며 떼를 쓰고, 기도하는 시간에 대웅전 정면으로 목을 쑥 들이밀고 떠들며 구경하는 일이 많았다. 급기야 길을 돌리는 일까지 생겼다. 10년이면 강산이 변한다고 했던가? 단체관광객 발걸음이 줄고 걷기 여행이 자리를 잡아가며 황매암도 본래 수행처가 되어가는 것 같다. 늦가을 황매암은 운치를 더한다. 수각과 연못에는 가을색이 떠 있고 저 멀리 산자락 군데군데 단풍이 지고 있다. 대웅전에 들러 오가는 길손들에게 평화가 깃들기를 바라며 108배를 올린다.

황매암
46×60cm,
한지에 수묵채색,
2017

정이품송의 품새,
장항마을 소나무 당산

장항동, 장항마을은 노루와 관련이 있다. 마을의 생김새나 지형이 협소한 입구를 지나 너른 자리에 앉은 형국을 빗대어 노루목, 장항동 등으로 불린다. 지리산 산내 장항마을은 마을의 역사가 깊다. 마을 규모도 크고, 살림살이도 산내에서 으뜸으로 꼽힐 정도였다고 한다. 장항마을 소나무 당산의 품새는 속리산의 정이품송에 가깝다. 소나무 아래 누워 하늘을 보면 빼곡한 가지 사이 솔이 주렁주렁 달렸다. 원래 당산제를 올릴 때 윗당산에서 산신제를 올리고 이곳에서 마을의 무사와 안녕을 빌었다. 지금은 당산제를 올리지 않는다. 물질의 흐름을 쫓아 주변을 돌아볼 여유가 없는지 마을이 연로해서 기력이 없는지 모르나 당산제를 올리는 곳이 대부분 사라지고 있다. 그럼에도 길 가는 나그네에게는 다리쉼을 하고 위로를 받는 자리이다.

장항마을 소나무 당산
46×60cm,
한지에 수묵채색,
2017

고목, 한 생을 마치는 거룩한 일

매동마을을 지나 숲속에서 만난 그 서어나무. 지금은
고목이 되어 날마다 사라지고 있다.
얼마나 많은 발걸음 이곳에서 몸을 풀었을까.
우뚝 선 그 나무 아래 나무꾼은 짐을 부렸을 것이고,
걷는 이 발걸음 멈춰 땀을 식혔을 것이다.
봄이면 생명의 싱그러움을 틔우고 여름 오솔길,
부는 바람 팔랑거림의 간지럼에 활짝 웃음 보였다.
가을이면 어김없이 붉은 노랑으로 잎을 떨구었지….
겨울이 지난 어느 날, 한 가지만 움을 틔우더니
어느 때부터 그는 숨을 죽였다. 돌아가는 길이다.
그 길에 온몸 구석구석 온갖 생명들에게 내주었다.
새와 애벌레의 잔치 속에도 웃고 있는 서어나무.
나무 한 그루 숲을 이룬다 누가 말했던가.
딱 그 모습이다.
환하게 웃으며 가는 사람이 아름답다.
한 생을 마치는 일 또한 얼마나 거룩한 것인가.

서어나무 쉼터
60×46cm,
한지에 수묵,
2017

온 식구의 손금을 닳게 했을 저 다랑이논

상황마을은 지리산 산내의 마지막 마을이다. 등구재를 사이에 두고 창원마을과 이웃해 있다. 상황마을 등구재 쉼터는 산내를 한눈에 넣기 좋은 곳이다. 산봉우리 겹겹이 쌓인 오목한 곳. 실상사를 가운데 두고 사방 구릉이 능선을 따라 펼쳐진다. 야산이나 밭에는 고사리나 호두나무가 자란다. 계단식 다랑이논이 정겹다. 울력을 하거나 수십 년 온 식구의 손금을 닳게 했을 저 논에 나락이 익기를 얼마나 기다렸을까. 산중에 쌀은 귀했다. 더구나 밥이 생명인 그 시절을 살아낸 마을의 이력이 다랑이논에 새겨져 있다. 이도 세월을 따라 변해간다. 논 자락을 허물어 펜션이 들어서고 다랑이논이 하우스로 변해간다. 시대를 따라 자연을 바꿔가면서 생존하는 사람살이의 고단함을 언제쯤 벗어던질 수 있을까.

상황에서 보는 다랭이논
46×60cm,
한지에 수묵채색,
2017

강단 있는 모습 뒤
장난기 섞인 천진함

절집에서보다 삶의 현장에서 더 자주 만난다. 지리산에서 그는 스스로를 '일하는 사람'으로 말씀하신다. 농민운동을 했던 한 친구의 저서 추천서 말미, 관계를 적는 곳에 그는 '동지'라 적는다. 그는 '지리산 운동'의 동지이자, 선배로 흐트러짐이 없다. 늘 실상을 파악하고 즉답을 주거나 제안을 하는 아이디어 뱅크이기도 하다. 제주 4·3 유복자로 살아온 그는 굴곡진 한국 현대사의 한복판을 여전히 살아내고 있다. 그래서 때로 그에게서 한없는 고독과 외로움을 본다. 50대에 지리산에 온 그도 이제 칠순을 넘겼다. 강단 있는 모습 뒤에 장난기 섞인 천진함이 있다. 2004년, '지리산생명평화 탁발순례'는 평화의 일꾼 10만 명을 모아 일촉즉발 한반도에 전쟁위기상황이 오면 휴전선에서 인간 띠를 잇자는 소망으로 시작됐다. 그 발걸음이 지리산둘레길로 이어졌다.

도법스님
60×46cm,
한지에 수묵채색,
2017

창원마을 윗 당산,
생명평화의 꽃이 활짝 피어나길…

지리산둘레길을 처음 연 자리이다.
2008년 봄. 창원마을 윗 당산에는 온 마을 사람들과 도시에서 온 사람들로 꽉 찼다. 돼지고기도 삶고, 막걸리도 내놓고, 소리꾼의 노랫가락에 맞춰 둥실 둥실 춤을 췄다. 지리산 천왕봉 바라보며 사람들이 화합하고 춤춰본 지 얼마 만인가. 단오에 그네를 매달아 처녀들의 버선발을 훔쳐본 이후로 다 같이 모인 게 처음이라는 사람, 당산제 올리며 섣달 매구* 친 이후 처음이라는 분, 제각각의 기억이지만 오늘은 푸지게 잔칫날이다. 길을 연다는 일이 예삿일이 아님은 분명하다. 길을 따라 인류는 다양한 방식의 문화를 만들고 가꿔왔으니 그날, 우리는 길을 열고 생명평화의 꽃이 길 위에 활짝 피어나길 빌었다.
당산나무 스탬프 하우스에 오늘의 흔적을 남기는 나그네 표정이 거룩하다.

*꽹과리를 뜻하는 경상도 사투리. 때로는 풍물굿(마을굿)을 말함.

창원마을 윗 당산
46×60cm,
한지에 수묵채색,
2017

온 천지, 생명평화의 성지로 가꾸어 가리라

지리산 둘레 모둠살이-지리산 생명평화의 춤, 이호신 화백의 지리산 실상사 약사전 후불탱화는 지리산 둘레 300km, 옛날과 지금을 담는 모두의 이야기이자 지리산 우주를 그린 것이다.

지리산을 상징으로 실상사 약사전 후불탱화를 그렸으면 좋겠다는 실상사의 주문에 이 화백은 부담을 느꼈다. 의례 부처님의 일대기나 절집의 이야기를 그림으로 그리는 후불탱화 전통에 반하는 것일지 모른다는 우려 때문이다. 거절할 수 없었다. 지리산과 실상사의 각별한 인연은 그에게 그림을 그리게 했다.

작업을 하는 때가 여름, 그는 반바지에 웃통을 벗고 그리고 있었다. 염천의 화실은 지리산을 모시는 작가의 치열한 작가정신이 불타고 지리산의 마음이 온 화실을 채웠다. 1년여 두문불출하고 그림이 완성되었다. 그림을 맡긴 실상사나 그린이나 서로 존중하고 믿는 마음이 새로운 형식의 후불탱화를 탄생시켰다. 지리산을 중심으로 삼라만상 우주가 환하게 펼쳐지는 21

세기 후불탱화가 지리산 실상사 약사전에 모셔졌다.

지리산 천년송과 지리산 마고할미와 부처. 그림에는 지리산의 신화적 모티브는 물론 사람살이까지 담겼다. 마지막 작업은 도법스님과 생명평화 무늬를 창안한 안상수 선생이 같이했다. 생명평화 무늬의 해와 달을 안상수 선생이 직접 그려 넣었다. 자세히 들여다보면 지리산 5개 시군의 명소와 지리산의 주봉이 보인다. 마고할미와 부처님을 사이에 둔 천년송이 "오늘도 잘 살고 있구나! 그저 고맙고 고마울 뿐이다." 그 말씀이 지리산 4계가 되어 봄, 여름, 가을, 겨울 계절이 계절을 맞물고 돌고 있다.

어디 그뿐이랴! 달과 해를 따라 학이 날고 사람의 소망을 담은 탑을 실은 구름이 두둥실 떠 있다. 그저 그렇게 일어났다 사라지는 게 우리가 사는 삶일 테지….

우리는 '지리산프로젝트'라는 이름으로 지리산의 이야기를 형상화하자는 데 뜻을 합쳤고, 지리산둘레길 그림을 구간별로 그리면서 참 많은 이야기를 했다. 늘 이야기의 끝은 사랑하는 사람이 주인이다. 중생으로 살면 중생, 부처로 살면 부처! 예수살이로 살면 예수! 자신의 몫일 뿐! 그렇게 다짐하며 살아낸 인연들이 지리산을 춤추게 하고, 들불이 되어 지리산, 온 천지를 생명평화의 성지로 가꾸어 가리라.

지리산 생명평화의 춤
184×690cm,
한지에 혼합채색,
2015

그린이 후기

사계절 바람 속에 들꽃의 환한 미소를 보았다

사람들은 자주 묻는다. "어떻게, 무슨 사연으로 지리산 지역에 살게 되었느냐"고. 10년 전 경남 산청 남사예담촌에 귀촌하여 화실을 짓고 그림을 그리는 내게 하는 말이다. 특별히 연고가 없는 나로서는 딱 한마디로 다음 질문을 끊는다. "아, 전생의 고향을 찾아왔지."

졸저 『산청에서 띄우는 그림편지』(2009년) 출간에 이어 지리산권역(남원, 구례, 하동, 함양, 산청)의 자연과 문화유산을 그려 『지리산진경』(2012년) 화집을 냈다. 그리고 서울에서 '어머니의 땅-지리산 진경순례'(2013년, 아라아트센터) 전시를 열었다.

이러한 나의 작업과 붓길은 소위 지리산 지역에 살기 위한 신고요, 소명으로 지새운 나날의 여정이었다. 나는 이 그림순례에 실로 많은 이들의 도움을 받았다. 그들 중에는 꼭 내가 만나야 할 이를 여러분이 추천했다. 그이가 사단법인 〈숲길〉의 이상윤 이사였다. 해서 몇 차례 통신은 오갔으나 사정이 여의치 않아 만남은 미루어졌다.

이 아쉬웠던 인연은 서부지방산림청과 사단법인 〈숲길〉이 기획한 '지리산둘레길 자문단' 구성(2015년)으로 시절이 도래했다. 총 18명의 각개 인사들로 이루어진 자문단 말석에 나를 넣은 것이다. 해서 자문위원의 역할을 위한 몇 차례의 회의가 열렸고 각자의 발언이 있은즉, 나는 '지리산 둘레길 21구간'을 그리겠노라고 말했다.

실로 부담이 큰 일이지만 나의 속내는 지리산둘레길 조성의 산파인 이상윤 이사를 앞세워 동행하면 되리라는 믿음이 있었다. 결과적으로 그의 동의를 얻어 2년간 매월 둘레길을 걷기로 약조하고, 이의 실천으로 잡지에 함께 연재하였다.(「지리산둘레길에서」, 『월간 산』, 2016년 1월호~2017년 12월호) 이 아름다운 구속의 결과가 『지리산둘레길 그림 편지』로 세상에 나온 것이다.

문득 돌아보니 우리가 걸어온 길은 생활의 활기를 주었고 축복의 나날이었다고 여긴다. 소위 이상윤 감독이 기획한 '지리산둘레길' 영화에 주연으로 내가 발탁되었고 여러 조연(둘레길 구간지킴이와 자연유산해설사 등)이 함께한 영상이 회화繪畫로 전환된 것 같다. 둘레길의 상황을 훤히 꿰고 있는 그이기에 오롯이 감독의 지시(?)를 따랐고 현지 사생에 충실했다. 그리고 화실에 돌아와 두문불출杜門不出, 새롭게 붓을 들었다.

산과 강을 에돌아 문화유적과 숲에 깃들고, 마을과 당산나무와 이웃을 만나고, 사계절 바람 속에 들꽃의 환한 미소를 보았다. 또한 마주하는 길손들과의 인사, 하산길에 나눈 막걸리의 추억을 어찌 잊으랴! 그와 현장에서 나눈 얘기는 편지가 되어 내게 날아오니 제일 먼저 읽는 행운을 누렸다.

하루는 그가 사는 하동군 악양면 매계마을 집에 들렀다. 텃밭 뒤란에 큰 바위가 울타리 역할로 자리 잡고 있어 물으니 한 인사가 덕암德巖이라 이름 지어주고 갔다나… 그래 '덕암'이다. 누구나 한 세상을 사는 데 필요한 것이 덕德일진대 하물며 지리산을 품고 순례의 길을 인도하는 이상윤 이사에게 '덕암'이란 아호가 너무나 잘 어울린다. 해서 나는 앞으로 그이를 '덕암'으로 부르겠다. 실제로 그는 지리산에서 배운 지혜를 나누고 누구와도 허물없이 지낸다. 또한 지리산둘레길의 새로운 면모와 위상을 위해 지속적인 노력을 다하고 있다. 하여 나는 그의 지리산 사랑을 깊이 신뢰한다.

모쪼록 덕암과 함께한 이 책이 지리산둘레길에서 만난 역사와 오늘의 삶을 증언하는 일이 되었으면 기쁘겠다. 독자 제현들도 우리의 아름다운 여정에 동참하여 함께 누리시길 믿고 또 바란다.

2018년 봄, 오늘화실에서

검돌 이호신 삼가

글쓴이 후기

지리산에 부치는 편지

미안해!

그리고 고마워, 정말!

새로운 해가 비치고 그 기운을 받아 몸을 드러내는 너에게 난 아무 말도 할 수 없어. 그저 바라만 봐도 가슴이 울렁거려 한없이 넉넉한 그 품에 빠져들 뿐.

그렇게 살아왔어. 사실 악다구니 쓰면서 자릴 차지하거나 지위를 누릴 자신감이 애초부터 없었는지도 몰라. 산에 들면 초연해지리란 믿음이 있었어. 지리산에 들어 신선이 되었다는 사람들을 좇아 시대를 넘어서는 이야기에 귀를 기울여도 봤어. 부지런히 천왕봉이며 반야봉, 노고단을 오르내리며 마음과 몸을 풀었어. 어떤 날은 노고단 운해에 울분을 실어 보냈고, 천왕봉에서 세사를 희롱하기도 했어.

그뿐이었어. 마을에 들어서면 팍팍한 일상이 기다리고 있어. 어제보다 오늘이 나을 것이란 기대를 하고 내려오기도 하지. 때론 막막한 기대와 연민으로 스스로를 달래며 만족했어. 누구든 껴안아주리란 다짐도 하고. 달라져야지, 새로워져야지…. 그러나 일순간에 허물어지길 되풀이해. 저물어가는 해를 등지고 선 괭이 든 할아버지와, 산 그림자를 그늘 삼아 호미로 풀을 뽑는 할머니의 손짓이 내가 얼마나 허영심을 불태우며 사는지 가르쳐주었지.

지리산아!

용서해줘….

지리산둘레를 이 화백과 24개월 동안 다니며 모은 그림과 글을 책으로 묶었어. 지리산을 나보다 더 잘 기록해온 이 화백의 그림이 묻히면 안 되겠지. 그리고 지리산 곳곳에 담긴 너의 이야기도 들려줘야 하고.

한결같은 삶을 이어가는 지리산 사람들이 너의 모습이었고, 지리산이 위안이라는 그 말씀들을 가슴에 새기고 있어. 봄, 여름, 가을, 겨울 계절마다 늘 새롭게 다가오는 그 품은 신비하고 아름다웠지. 다 표현하지 못했고 많이 부족하나 마음이니 받아주길 바라.

2018년 봄

글쓴이 이상윤 드림

'지리산 마음 순례'의 뜻을 오롯이 담은 편지

김준기(지리산프로젝트 감독, 제주도립미술관 관장)

이호신 그림과 이상윤 글이 만나 『지리산둘레길 그림 편지』가 나왔다. 걷는다는 행위가 인간의 몸과 마음에 미치는 영향을 생각해보면 이호신과 이상윤, 두 분은 같은 시대를 살고 있는 사람들에게 한없이 멋진 스승이다. 반가움을 넘어선 고마운 마음으로 책 뒤에 붙을 몇 글자를 적는다. 그이들은 걷는 것을 일 삼고 놀이 삼았고, 그 뜻을 멋진 그림과 글로 풀어 이렇게 책으로 엮어냈다. 이 책에는 두 분이 같이 길을 걸으며 나눈 눈빛과 말들이 고스란히 녹아 있다. 그것은 그이들의 공감이 만들어낸 산물이다. 대자연의 품에 안겨 사는 이들의 모습을 담아내는 화가와 이를 글로 풀어내는 필자 사이를 연결하는 것은 지리산살이의 깊은 뜻에 대한 공감이다.

그린이 이호신은 산청군 남사예담촌에 사는데, 전국을 누비며 산과 들, 강과 마을을 그린다. 그이의 붓질은 경쾌하고 담백하다. 먹으로 모양을 짓고 옅은 물감으로 색을 입힌다. 부지런히 발품 팔며 걷는 길 위의 화가 이호신, 그이가 지나는 곳곳의 현장성과 서사는 한 폭의 그림 속에 안겨 든다. 그것은 산수풍경 일색의 수묵화에서는 발견할 수 없는 삶의 풍경이자 체험의 장면이다. 더러는 성기게 남겨두고 더러는 빼곡하게 그려 넣는 그이의 붓질 속에 그곳의 모든 것이 오롯이 담긴다. 풍부한 실경 사생을 바탕으로 장소의 핵심을 파고드는 현상 재구성의 매력이 이 그림 책 전권에 두루두루 배어 있다.

글쓴이 이상윤은 하동군 악양면에 깃들어 살면서 둘레길을 보살핀다. 이상윤 그이의 자분자분한 말솜씨가 그대로 글에 들어 있으니, 읽는 이의 마음은 두런두런 이야기 듣는 듯하여 술렁술렁 잘도 넘어간다. 그이의 이야기에는 대자연의 우주적 서사와 장구한 인류 문명의 역사가 들어 있고, 산과 강과 들과 길과 집과 마을의 뜻이 담겨 있다. 더불어 그 안에 한 사람 한 사람의 숨결이 살아 있으니, 우주의 거대함과 인간의 미세함을 함께 보여준다. 지리산둘레길에 대한 예찬은 이 책의 밑자락이다. 둘레길 지킴이인 글쓴이의 생각은 그이의 삶과 찰싹 달라붙어 지리산살이의 깊은 뜻을 잘도 담아낸다.

지리산은 유물론자에게까지도 마음의 심원을 들여다보게 하는 깊고 넓은 곳이다. 종교적 심성을 가진 이들이 영성이라고 말하는 것의 실체를 나 같은 사람은 알지도 못하지만, 지리산 자락에서 만나는 자연과 마을과 사람들을 통하여 그 분위기를 감 잡을 수 있을 것만 같다. 영성(靈性)이 반드시'영혼(靈魂)'과 관계 맺는 것이라는 편견을 버리면 가능한 일이다. 영성이라고 쓰고 정신성이라고 읽어도 좋겠다. 그마저도 번거로우니 마음이라고만 하는 게 좋겠다. 지리산둘레길을 걷는 사람들과 자연과 마을에서 진리를 만나는 사람들은 마음의 세계를 찾아 구도하는 순례자, 즉 마음 순례자다.

스물하나의 둘레길 구간을 함께 걸은 두 순례자가 내놓은 화두는 끝이 없다. 산과 들과 강과 마을, 길, 차, 역사, 생명, 공동체, 고향, 생명 등 지리산 자락이 품어 안은 깨알 같은 존재들을 낱낱이 깨워 살뜰하게 일으켜 세운다. 거기에는 지리산에 깃들어 사는 사람들의 삶이 있다. 두 순례자는 지리산 자락을 둘러싸고 굽이굽이 휘도는 길들을 지나며 삶의 터전인 마을에 담긴 시공간의 두께를 만나고, 곡식 한 톨과 녹차 한 잔에 담긴 노동의 의미와 가치를 생각하며, 전쟁의 비극 뒤에 서린 서늘한 낭만과 죽음 뒤에 깃든 평화의 염원을 갈구하고, 대자연의 풍광과 가녀린 생명의 뜻에 두 손을 모았다.

이 책에 담긴 사람들의 모습은 자연과 인간의 친밀한 관계를 드러낸다. 특히 길을 걷는 사람의 서사와 장면들을 잘 살펴보면, 그 속에 담긴 걷기의 깊은 뜻을 헤아릴 수 있다. 길을 걷는다는 것은 이곳과 저곳을 잇는 일이다. 걷기는 몸을 움직여 새로운 사건과 조우하고 또 다른 대상을 대면하는 만남의 연속이다. 인간이라는 생명체에게 최적화한 몸놀림이 바로 걷기다. 따라서 걷기는 몸 자체가 즐겁게 받아들이는 일이자 놀이다. 사람들은 걸으면서 보고 느끼고 생각한다. 자신의 바깥세상은 물론이고 자기 자신을 들여다보고 느끼고 생각하는 데에까지 이르러, 마침내 자신을 만나는 과정이 바로 걷기의 매력이다.

자연과 사회와 사람의 만남을 주선하는 길은 한걸음 한걸음의 발자국을 남기는 낱낱의 '점'들이며, 여기서 저리로 이어진 기다란 '선'이며, 몸과 대지가 접신하는 바닥으로서의 '면'이고, 여기와 저기를 나누는 '공간'이며, 그 공간 위에 켜켜이 쌓인 '시간'이고, 마침내 공간과 시간이 함께 머무는 '장소' 그 자체다. 따라서 둘레길은 각각의 시간과 공간 위에 쌓인 장소성의 연속이다. 그이들이 찾아다닌 것은 지리산둘레길의 장소성이다. 그곳에서 몸으로 만난 그 모든 것들을 글과 그림으로 담았으니, 이 책은 그이들이 몸으로 만난 지리산둘레길 그 자체다. 여기 두 분 순례자의 글과 그림에 '지리산 마음 순례'의 늧이 오롯이 남겨 있나.

지리산둘레길 전체 지도

지리산둘레길은 지리산 주변
3개도 5개 시 · 군 295km를 연결하여
자기성찰과 걷는 문화를 제안한
우리나라 대표 숲길입니다.

01 금계~동강

경남 함양군 마천면 금계길 5
경남 함양군 휴천면 동강안길 40

대중교통편
- 서울, 인천, 수원, 대전, 대구, 부산에서 시외버스로 함양으로 온 후 금계나 동강으로 이동한다.
- 함양에서 지리산둘레길 금계, 동강 구간으로 다니는 시내버스가 운행된다.
(함양지리산고속 055-963-3745/
마천버스정류소 055-962-5017/
함양터미널 1688-7494)

길 안내, 민박 정보 문의
지리산둘레길 함양센터 055-964-8200

02 오미~난동

전남 구례군 토지면 운조루길 59
전남 구례군 광의면 난동길 70-4

대중교통편
- 서울 쪽에서는 남부터미널에서 오는 하동 구례 시외버스가 있고 기차를 타면 구례구역으로 올 수 있다.
- 부산, 광주, 대구(1회) 지역에서는 구례로 오는 시외버스가 있으며 대전에서는 진주로 와서 하동 구례를 오가는 시외버스를 이용해야 한다.
- 구례군 관내를 오가는 군내버스를 이용하면 오미, 난동으로 갈 수 있다.
(구례터미널 061-780-2730/
구례군내버스 061-782-8584/
구례구역 061-782-7788)

길 안내, 민박 정보 문의
지리산둘레길 구례센터 061-781-0850

03 삼화실~대축

경남 하동군 적량면 동촌길 21-1
경남 하동군 악양면 악양동로 157

대중교통편
- 서울 쪽에서는 남부터미널에서 하동 시외버스로 악양에 내려서 대축으로 이동하거나, 하동읍에서 삼화실로 이동
- 대구, 부산, 대전 등 기타 지역에서는 진주로 가서 하동터미널/ 하동터미널에서 악양행이나 삼화실행 이용
- 광주 전남 지역에서는 구례행 시외버스 이용, 구례에서 하동행 버스 이용
(진주시외버스터미널 055-741-6039/
하동터미널 055-883-2663)

길 안내, 민박 정보 문의
지리산둘레길 삼화실안내소
055-883-0858
지리산둘레길 하동센터 055-884-0854

04 산동~밤재

전남 구례군 산동면 원촌길 114
전북 남원시 주천면 장안리 261-5

대중교통편
- 서울, 부산, 대구, 광주, 대전 등에서는 버스나 기차로 남원에 도착한 후 시내버스로 주천까지 이동할 수 있다.
- 서울, 부산, 광주, 대구(1회) 지역에서는 구례로 오는 시외버스가 있으며 대전에서는 진주로 와서 하동 구례를 오가는 시외버스를 이용해 구례에서 군내버스로 산동면 소재지까지 이동하면 된다.
(남원시외버스터미널 063-635-5391/
남원고속버스터미널 063-625-5391/
남원시내버스 063-631-3116/
남원역 1544-7788/
구례버스터미널 061-780-2730~1/
구례군내버스 061-782-8584/
구례구역 061-782-7788)

길 안내, 민박 정보 문의
지리산둘레길 구례센터 061-781-0850
지리산둘레길 남원센터 063-635-0850
지리산둘레길 남원 주천안내소
063-625-8952

05 부춘~가탄

경남 하동군 화개면 부춘길 232
경남 하동군 화개면 쌍계로 188

대중교통편
- 서울 남부터미널에서 하동행 시외버스를 타고 화개정류장에 내리면 된다.
- 대구, 부산, 대전 등 기타 지역에서는 진주로 가서 하동 화개 구례행 시외버스를 타고 화개터미널에서 내리면 된다.
  광주 전남 지역에서 구례터미널을 경유, 군내버스로 화개터미널까지 오면 된다.
⇒ 화개터미널에서 가탄까지는 걸어서 10분 이내, 원부춘은 버스로 이동
(하동터미널 055-883-2663/
하동 화개터미널 055-883-2793/
구례터미널 061-780-2730~1/
구례구역 061-782-7788)

길 안내, 민박 정보 문의
지리산둘레길 하동센터 055-884-0854
지리산둘레길 삼화실안내소
055-883-0858

06 동강~수철

경남 함양군 휴천면 동강안길 4
경남 산청군 금서면 수철리 897

대중교통편
- 서울, 인천, 수원, 대전, 대구, 부산에서 시외버스로 함양으로 온 후 동강으로 이동
- 서울, 대전, 대구, 광주, 부산에서 시외버스로 산청으로 온 후 수철로 이동
- 진주를 경유지로 산청, 함양으로 온 후 걷기 출발지 동강이나 수철로 이동
⇒ 함양에서 동강으로 가는 버스는 터미널에서 30분마다 있으며 30분 정도 걸린다. 산청 수철은 버스터미널에서 15분 걸리며 1일 7회 운영된다.
(함양지리산고속 055-963-3745/
함양터미널(고속버스) 1688-7494/
산청터미널 055-972-1616/
산청교통 055-973-5191)

길 안내, 민박 정보 문의
지리산둘레길 산청센터 055-974-0898
지리산둘레길 함양센터 055-964-8200

07 운리~덕산

경남 산청군 단성면 호암로 632
경남 산청군 시천면 남명로 311

대중교통편
- 서울, 인천에서 시외버스를 이용해 산청 원지 정류장에서 내린다.
- 부산, 대구, 광주, 대전 등 기타 지역에서는 진주까지 버스나 기차로 이동 후 산청 원지에서 내린다.
⇒ 원지에서 덕산과 운리 방향으로 가는 버스를 타면 된다.

길 안내, 민박 정보 문의
지리산둘레길 산청센터 055-974-0898
지리산둘레길 중태안내소
055-964-8200

08 송정~가탄

전남 구례군 토지면 송정리 산 82-22
경남 하동군 화개면 쌍계로 188

대중교통편

- 서울 쪽에서는 남부터미널에서 오는 하동 구례 시외버스가 있고 기차를 타면 구례구역으로 올 수 있다.
- 부산, 광주, 대구(1회) 지역에서는 구례로 오는 시외버스가 있으며 대전에서는 진주로 와서 하동 구례를 오가는 시외버스를 이용해야 한다.

⇒ 가탄은 화개터미널에서 걸어서 20분 정도 소요되며 송정은 19번국도 송정마을 입구에서 내려 10분 이내 거리에 있다. 구례 하동을 오가는 군내버스를 이용하면 된다.
(하동터미널 055-833-2663/
하동화개터미널 055-883-2793/
구례터미널 061-780-2730/
구례구역 061-783-5000)

길 안내, 민박 정보 문의

지리산둘레길 구례센터 061-974-0898
지리산둘레길 하동센터 055-884-0854

09 수철~성심원

경남 산청군 금서면 수철리 897
경남 산청군 산청읍 산청대로 1381번길 17

대중교통편

- 서울, 부산, 대전, 남원에서 산청으로 오는 시내버스가 있다. 기타 지역에서는 진주를 경유해서 산청으로 오면 된다. 성심원의 경우 진주방향에서 오면 원지에서 내려 풍현마을로 가는 버스를 타면 된다.

⇒ 산청에서 수철마을로 가는 버스는 1일 7회 운영되며, 15분 걸린다. 성심원으로 가는 방법은 산청이나 원지 버스정류장에서 풍현마을로 가는 버스를 타면 된다. 풍현마을까지는 산청에서 10분 정도, 원지에서는 15분 정도 걸리며 1일 11회 운영된다.
(산청시외버스터미널 055-972-1616/
산청교통 055-973-5191/
원지시외버스터미널 055-973-0547)

길 안내, 민박 정보 문의

지리산둘레길 산청센터 055-974-0898
지리산둘레길 중태안내소
055-964-8200

10 오미~방광

전남 구례군 토지면 운조루길 59
전남 구례군 광의면 방광리 472-3

대중교통편

- 서울 쪽에서는 남부터미널에서 오는 하동 구례 시외버스가 있고 기차를 타면 구례구역으로 올 수 있다.
- 부산, 광주, 대구(1회) 지역에서는 구례로 오는 시외버스가 있으며 남원을 거쳐 구례로 오는 교통편도 있다.

⇒ 구례터미널에서 오미마을은 군내버스로 19번국도 오미버스 승강장에서 내리면 된다. 15분 정도 소요된다. 하차 후 출발점까지는 도보로 5분 걸린다. 방광마을은 구례터미널에서 찬새미(방광마을) 승차장에서 내리면 된다. *구례군내버스는 순환버스이므로 버스 승강장에서 돌아가는 버스를 미리 확인하는 게 좋다.
(구례터미널 061-780-2730/
구례구역 061-783-5000)

길 안내, 민박 정보 문의

지리산둘레길 구례센터 061-781-0850

11 위태~하동호

경남 하동군 옥종면 위태리 783
경남 하동군 청암면 평촌리 산 219-2

대중교통편

*타 지역에서 올 경우 시외버스나 고속버스를 이용해 진주 옥종 - 위태로 가거나 하동터미널에서 청암행 버스를 타고 하동호에서 내리면 된다. 위태는 하동터미널에서 옥종 가는 버스를 타고 가면 된다.
(진주시외버스터미널 055-741-6039/
하동터미널 055-883-2663/
옥종터미널 055-883-4027)

길 안내, 민박 정보 문의

지리산둘레길 하동센터 055-884-0854
하동 삼화실안내소 055-883-0858

12 운봉~주천

전북 남원시 운봉읍 동천리 350-1
(서림공원)
전북 남원시 주천면 정령치로 93
(주천안내소)

대중교통편

- 서울, 대전, 대구, 광주, 부산에서 시외버스나 기차를 이용해 남원으로 온 후 주천이나 운봉으로 이동하면 된다.

⇒ 주천까지는 남원시외버스터미널에서 40분마다 시내버스가 있으며 소요시간은 25분. 운봉은 20~40분 배차간격으로 소요시간은 약 40분

길 안내, 민박 정보 문의

지리산둘레길 주천안내소
061-625-8952
지리산둘레길 남원센터 063-636-0850

13 운봉~인월

전북 남원시 운봉읍 동천리 350-1
전북 남원시 인월면 인월2길 95

대중교통편

- 서울, 대전, 대구, 광주, 부산에서 시외버스나 기차를 이용해 남원으로 온 후 운봉이나 인월로 이동. 서울에서 지리산 백무동행은 인월터미널에 하차
(남원시내버스 063-631-3116/
남원시내버스터미널 063-633-0807/
남원고속버스터미널 063-625-5391/
남원역 1544-7788)

⇒ 남원 운봉 배차 간격은 40분이며 25분이 소요된다. 남원 인월 배차 시간은 20~40분이며, 소요시간은 40분

길 안내, 민박 정보 문의

지리산둘레길 주천안내소
061-625-8952
지리산둘레길 남원센터 063-636-0850

14 하동읍~서당

경남 하동군 하동읍 중앙로 52-4
경남 하동군 적량면 우계리 675

대중교통편

- 서울, 부산, 진주에서 하동터미널에 도착, 하동센터로 오면 된다. 서당마을은 하동터미널에서 1일 3회 노선버스가 운행된다.
(하동터미널 055-883-2663/
하동역 055-882-7788/
진주시외버스터미널 055-741-6039)

길 안내, 민박 정보 문의

지리산둘레길 하동센터 055-884-0850
지리산둘레길 삼화실안내소
055-883-0858

15 대축~부춘

경남 하동군 악양면 축지리 945
경남 하동군 화개면 부춘길 232

대중교통편

- 서울에서는 하동행 시외버스를 타고 화개에서 내려 부춘마을로 가야 한다. 대축은 악양에서 내려 대축마을까지 걸어서 10분 걸린다.
- 다른 지역은 하동터미널에서 악양 가는 버스를 타고 대축마을에서 내리면 된다. 부춘마을 가는 버스는 1일 1회 운행되며 화개로 가는 군내버스를 타고 신기마을에서 걸어서 17분 가면 부춘마을 회관이다.

(하동터미널 055-883-2663/
하동역 055-882-7788/
진주시외버스터미널 055-741-6039)

길 안내, 민박 정보 문의

지리산둘레길 하동센터 055-884-0850
지리산둘레길 삼화실안내소
055-883-0858

16 송정~오미

전남 구례군 토지면 송정리 산 82-22
전남 구례군 토지면 오미리 103

대중교통편

- 서울 등 다른 지역에서 구례로 시외버스나 기차를 이용해 와야 한다. 송정은 쌍계사나 연곡사 방면 버스를 타고 19번국도 송정마을 입구에서 내려 안한수 마을 쪽으로 1㎞ 정도 이동하면 된다. 오미마을은 19번국도 오미마을 버스 승강장에서 5분 정도 걸으면 된다.

(구례터미널 061-780-2730/
구례군내버스 061-782-8584/
구례구역 061-782-7788)

길 안내, 민박 정보 문의

지리산둘레길 구례센터 061-781-0850

17 성심원~운리

경남 산청군 산청읍 신칭대로 1381번길 17
경남 산청군 단성면 운리 515

대중교통편

- 서울, 인천, 대전, 부산, 진주, 광주, 대구 등지에서 올 때 원지터미널을 이용하시는 것이 편리하다. 서울 쪽에서 진주로 가는 시외버스가 원지터미널에 대부분 정차한다. 진주를 경유해 산청방향 버스를 타고 원지터미널에서 내리면 된다.
- 원지에서 운리 방향은 1일 3회 운행되고, 성심원 방향은 11회 운행된다.

(산청시외버스터미널 055-972-1616/
산청교통 055-973-5191/
원지시외버스터미널 055-973-0547)

길 안내, 민박 정보 문의

지리산둘레길 산청센터 055-974-0898
지리산둘레길 중태안내소
055-964-8200

18 덕산~위태

경남 산청군 시천면 남명로 311
경남 하동군 옥종면 위태리 783

대중교통편

- 서울, 인천, 대전, 진주, 광주, 대구 등 다른 지역에서 올 때 원지터미널에서 내려, 덕산으로 이동. 원지에서 덕산까지는 20분 정도 소요되며, 첫 차는 6시 40분, 배차간격은 30분이다.
- 서울, 인천, 대전, 부산, 광주, 대구 등지에서 진주로 이동한 후 옥종 가는 버스를 타고 위태로 이동한다.

(원지터미널 055-973-0547/
덕산정류장 055-973-9027/
진주시외버스터미널 055-741-6039/
하동터미널 055-883-2663/
옥종터미널 055-883-4027)

길 안내, 민박 정보 문의

지리산둘레길 산청센터 055-974-0898
지리산둘레길 중태안내소
055-964-8200
지리산둘레길 하동센터 055-884-0854
지리산둘레길 삼화실안내소
055-883-0858

19 하동호~삼화실

경남 하동군 청암면 평촌리 산 219-2
경남 하동군 적량면 동촌길 21-2

대중교통편

- 서울, 부산, 진주에서 버스로 하동으로 온 후 청학동 가는 버스를 타고 하동호에 내리거나 적량 삼화실 가는 버스를 타면 된다. 청학동 가는 버스는 1일 5회 운영되며 하동호까지는 25분 걸린다. 삼화실 가는 버스는 1일 4회 운영되며 20분 소요된다.
- 타 지역에서는 진주로 와서 진주에서 하동으로 이동해야 한다.

(하동시외버스터미널 055-883-2663/
하동역 055-882-7788/
진주시외버스터미널 055-741-6039)

길 안내, 민박 정보 문의

지리산둘레길 하동센터 055-884-0854
지리산둘레길 삼화실안내소
055-883-0858

20 방광~산동

전남 구례군 광의면 방광리 472-3
전남 구례군 산동면 원촌길 114

대중교통편

- 시외버스나 기차로 구례에 온 후 군내버스로 이동하면 된다. 방광마을은 참새미골로 가는 버스를 타면 된다. 참새미골에서 내려 마을회관까지 걸어서 5분 이내 거리이다. 25분 소요된다.
- 산동마을은 구례군에서 산동 가는 버스를 타고 원촌 버스정류장에서 내려 산동면사무소로 걸어가면 된다. 구례에서 약 15분 걸린다.

(구례터미널 061-780-2730/
구례군내버스 061-782-8584/
구례구역 061-782- 7788)

길 안내, 민박 정보 문의

지리산둘레길 구례센터 055-781-0850

21 인월~금계

전북 남원시 인월면 인월리 198-1
경남 함양군 마천면 의탄리 870

대중교통편

- 인월은 동서울, 대전, 전주, 광주, 부산에서 오는 시외버스가 있다. 다른 지역은 함양 남원으로 시외버스와 기차를 타고 온 뒤 인월로 오면 된다.
- 금계는 함양터미널에서 군내버스로 이동하면 된다.

(남원시내버스 063-631-3116/
남원고속버스터미널 063-633-0870/
남원시외버스터미널 063-633-0807/
인월터미널 063-636-2000/
함양지리산고속 055-963-3745/
마천버스정류장 055-962-5017/
함양터미널 1688-7494)

길 안내, 민박 정보 문의

지리산둘레길 남원센터 063-635-0850
지리산둘레길 함양센터 055-964-8200